赏词如风

王立群 著

王立群品读经典诗词 Ⅰ

中原出版传媒集团
中原传媒股份公司

大象出版社
·郑州·

图书在版编目(CIP)数据

赏词如风：王立群品读经典诗词. Ⅰ / 王立群著.— 郑州：大象出版社，2018. 1（2018. 9 重印）
ISBN 978-7-5347-9617-3

Ⅰ. ①赏… Ⅱ. ①王… Ⅲ. ①古典诗歌—诗歌欣赏—中国 Ⅳ. ①I207. 2

中国版本图书馆 CIP 数据核字(2017)第 313295 号

SHANGCI RUFENG

赏词如风

王立群品读经典诗词Ⅰ

王立群 著

出 版 人 王刘纯
责任编辑 李小希 张前进
责任校对 毛 路 李婧慧
书籍设计 王莉娟
插图绘画 寇 衡

出版发行 大象出版社(郑州市开元路 16 号 邮政编码 450044)
发行科 0371-63863551 总编室 0371-65597936
网 址 www.daxiang.cn
印 刷 北京汇林印务有限公司
经 销 各地新华书店经销
开 本 710mm×1000mm 1/16
印 张 14.25
字 数 153 千字
版 次 2018 年 1 月第 1 版 2018 年 9 月第 2 次印刷
定 价 35.00 元

印厂地址 北京市大兴区黄村镇南六环磁各庄立交桥南 200 米(中轴路东侧)
邮政编码 102600 电话 010-61264834

宋词，你坐在这里，她就是整个世界（代序）

当时光倒退一千年的时候，无论从世界的哪一个角落看东方，无一例外，最后的目光都会投向开封，都会聚焦在这座当时世界上最繁华的城市——大宋王朝的都城。那时的开封城，车水马龙，汴水滔滔，行人如织，四野如市。这段盛世繁华，被一个叫张择端的画家，淋漓尽致地画在了一幅五米多长的《清明上河图》中。直到今天，我们面对这幅真实的风俗画卷时，仍然会目瞪口呆，叹为观止。它让我们目睹了那个时代开封的繁华、中国的发达与世界的文明。可惜的是，今天的我们不能亲耳听闻那个时代的声音了。实际上，那时的开封城中，青楼画阁、茶坊酒肆、勾栏瓦子，比比皆是。彻夜不眠，灯火通明，绣户珠帘中飘荡着管弦丝竹之乐，亭台楼阁间交响着太平盛世之音。一曲曲，柔婉缠绵，肝肠寸断；一首首，字字清脆，声声婉转。虽然那些旋律我们听不到了，可那些歌词，却被文字记录下来，一直传承至今。

这些当时演唱的歌词，在今天有一个专有名称——宋词。被近代著名学者王国维称为宋代文学代表的正是宋词，与唐诗、元曲三足鼎立的也正是宋词。

说到宋词，我们立刻就会想到晏殊，想起他的“无可奈何花落去，似曾相识燕归来”的淡淡哀伤；想到欧阳修，想起他的“人生自是有情痴，此恨不关风与月”的爱情自白；想到柳永，想起他的“衣带渐宽终不悔，为伊消得人憔悴”的无悔相思；想到苏轼，想起他的“但愿人长久，千里共婵娟”的诚挚祝福；想到秦观，想起他的“两情若是久长时，又岂在朝朝暮暮”的美好愿望；想到贺铸，想起他的“一川烟草，满城风絮，梅子黄时雨”的无边愁绪；想到李清照，想起她的“莫道不消魂，帘卷西风，人比黄花瘦”的满腹愁思；想到陆游，想起他的“山盟虽在，锦书难托”的难言之隐；想到辛弃疾，想起他的“众里寻他千百度，蓦然回首，那人却在灯火阑珊处”的突发狂喜……宰相也罢，白衣也罢，人人都在宋词的音乐与文字中狂欢不已。这里有眼泪，有悲伤，有纯粹的欢喜，有凄凄的别离，亦有寥寥文字背后的无数故事。这些脍炙人口的词句，穿越千年时光隧道，萦绕在当代人的耳边，为我们的生活平添一份诗情画意。

诗情画意源自宋词之美。含蓄的美，热烈的美，纤柔的美，豪放的美，哀婉的美，悲壮的美。宋词之美是永恒的，就像那一轮明月，亘古不变。

从前的宋词是用来唱的。青楼歌女、文人雅士，把那满腹的心事、幽怨的情思、不平的牢骚，一丝丝地抽发出来，毫不避讳地尽情宣泄。现在的宋词是用来品的，一个人，一杯茶，抖落一身红尘，远离外边的世界，沉下心听一听宋词的浅吟低唱，读一读千年前文人墨客欲说还休的心事，焦虑的心情便安静下来，疲惫的身体也不再劳累，世间的悲欢离合仿佛化作了一抹历史的青烟，平和而翩然远去。

宋词,的确能让你认识更多的字句,说话更漂亮;知道更多的故事,知识更丰富;获得更多的人生智慧,生活更容易。不过,这些都不是最重要的。宋词所记录的就是宋人的种种生活琐事、绵绵离情别绪、殷殷爱国热血、脉脉儿女情长。这就是他们真实的内心、真实的情感、真实的爱恨情仇。宋词宛如一条河,裹挟着宋人的慷慨激昂、悲欢离合流到我们面前。我们用真心、真情走近他们,理解他们。我们喟叹着相似的境遇,抒发着相似的情感。他们经历过的,我们正在经历着;他们感怀过的,我们正在感怀着;他们遭遇过的,我们正在遭遇着。他们的人生,便是我们的人生。所以,品读宋词,就是品读我们自己的人生。在那些哀伤的体验中,我们的眼睛湿润了,悲天悯人的情怀从心底被唤醒;在那些欢愉的体验中,我们的笑靥展开了,枯燥的日子有了趣味,苍白的人生有了亮色;在那些豁达的体验中,我们的心灵舒展了,纠结的不再纠结,放不下的也看淡了,生活多了几分优雅,添了几分从容。我想,这才是最重要的。

繁花似锦的大宋王朝已经消逝在历史的长河中了,但被称为“一代之文学”的宋词却在大浪淘沙的岁月中毫不褪色,情韵依旧。那些词人的所思、所想、所感、所叹,已从瞬间成为永恒,历久弥新。

一千年前的人看世界,目光会定格在开封;一千年后的我们,从宋词的字里行间,又看到了当时的世界。诗词,就是你坐在这里,她就是远方。宋词,就是你坐在这里,她就是整个世界。

王立群

2017 年 10 月

目录

忆秦娥

〔唐〕李白

箫声咽，秦娥梦断秦楼月。秦楼月，年年柳色，灞陵伤别。

乐游原上清秋节，咸阳古道音尘绝。音尘绝，西风残照，汉家陵阙。

南朝著名作家江淹曾写过一篇非常有名的《别赋》，历叙了生活中的七种别离之苦，并在这篇名文的结尾对别离之苦进行了总结：

是以别方不定，别理千名，有别必怨，有怨必盈。使人意夺神骇，心折骨惊。

大意是说，别离的双方不一定，别离的原因千千万，但只要有别离，就一定有哀怨，有哀怨则必然充塞于心，让人意夺神骇，心折骨惊。

这番至理名言，写尽了人世间的别离之苦。

李白的这首《忆秦娥》，写的也是别离之苦，虽然没有写明是因何别离，但无论原因是什么，结果都是一样的——痛苦。

这首词怎么写别离之苦呢？

上片的开篇从“箫声咽”三个字写起。换句话说，这首词以悲凉、凄楚的箫声为起点，开启了全篇。中国古代的箫有排箫与洞箫两种。洞箫是中国乐器中非常独特的一种管乐，它的最大特点是音色有一种远在深山、若入幽谷的空明之感，悲切、哀婉，催人泪下。特别在残月之夜，洞箫呜咽的声响对饱受别离之苦的人杀伤力极大。

苏轼的《前赤壁赋》有一段专讲洞箫音色的文字：

客有吹洞箫者，倚歌而和之，其声呜呜然，如怨如慕，如泣如诉。余音袅袅，不绝如缕。

有人伴着歌声吹起洞箫，箫声呜呜咽咽，像忧怨，又像思慕，像哭泣，又像倾诉。余音袅袅，不绝如缕。

这段文字将洞箫的音色讲得极为形象、透彻。正是这种音色，使洞箫有了特别的功效。而李白这首《忆秦娥》在“箫声”后又加了一个“咽”字，仿佛洞箫也会清泪满腮，仿佛洞箫也会欲语还休，其声音的喑哑、断续、悲哀又加了几重。

“秦娥”，泛指秦地美女，词中指女主人公。“梦断”，梦醒。“秦楼月”，秦楼是秦娥所住之楼，秦楼月是秦楼上的一弯残月。

一弯残月当空，远处传来一声声如泣如诉的箫声，女主人公遽然梦醒。梦中，她与他，正在灞陵折柳泣别。灞陵是汉文帝的陵寝，它的位置刚好卡在交通要道上。所以我们看古代的送别诗，常常写到在此离别。“年年柳色”，是说年年柳树发出新芽的时候，她就会想到当年送别的场景。

柳色已是年复一年地由枯转绿，由青渐黄，可见女主人公与他的离别早已不是一年两年了，其哀怨、相思的折磨也不是一年两年了。纵使象征挽留的柳枝年年呼唤着爱人，他仍未曾归来。

由柳枝岁岁枯荣的感怀过渡，上片的伤别自然而然地转到下片的伤逝。

> 乐游原上清秋节，咸阳古道音尘绝。音尘绝，西风残照，汉家陵阙。

“乐游原”，在长安东南郊，汉宣帝时称“乐游苑”，又名“乐游园”。这里地势较高，可以俯瞰整个长安城，在唐代是京城长安最著名的游览胜地。

“清秋节”，指农历九月九日的重阳节。

乐游原上，人们正在庆贺重阳，欢腾、热闹，一派繁荣景象。

这种热闹的场面和女主人公清冷、孤寂的心境完全相反，以乐景反衬悲情，更深一层地写出了女主人公的孤独、伤感。

咸阳，本是秦帝国的都城，此地是汉唐时期由京城前往西北从军、经商的故道。唐人常以咸阳代指长安，“咸阳古道”即长安道。“音尘”，即声音与尘土，车行的声音和扬起的尘土，实际指消息。

一面是乐游原上的繁华、热闹，一面是长安道上的音讯全无。彼处的繁华更衬托出此处的清冷。

这首词最让人击节叹赏的是最后两句：

西风残照，汉家陵阙。

“陵”指陵寝，“阙”指宫殿。

西风之下，夕阳残照，只有汉家的陵寝、宫殿的遗存历历在目。

古人伤别之作，大都局限于个人的悲欢离合之中，很少有人能跳出这一窠臼。这首词却与一般作品大不一样，词的上片仍是写个人的伤别，可是下片却将个人的伤别化作了历史的伤逝。“她”看到的是“西风残照”中的“汉家陵阙”。汉家的帝王，生前生活极尽豪奢，如今也不过长眠在冰冷的陵寝中。多少荣华富贵，终成过眼云烟。

个人的伤别，瞬间化为了历史的反思。

人生有别离，个人有伤怀。历史有兴替，存亡有轮回。

这让我想起了王昌龄的《出塞》：

秦时明月汉时关，万里长征人未还。

但使龙城飞将在，不教胡马度阴山。

这首诗写出了戍卒渴望早日返乡的最朴素的诉求。但是，它和一般的边塞诗最大的不同，在于他写了“秦时明月汉时关”一句，一下子将唐代的边塞诗置于历史的长河中。边地戍卒，不是一朝一代一群人，而是历朝历代千千万万人；渴望返乡的呼唤，不仅是唐代戍卒的诉求，而且也是秦汉以来一代一代征夫共同的心声。

仅此一句，历史的厚重感全出。

无论什么作品，一旦跳出了个人的悲欢离合、个人的生离死别，而转向朝代的兴衰荣辱、时间的白云苍狗，便有了独特的历史意味与深远的生命之思。

美辞玉屑

今诗余名《望江南》外，《菩萨蛮》《忆秦娥》称最古，以草堂二词出太白也。近世文人学士，或以为实然。予谓太白在当时直以风雅自任，即近体盛行七言律，鄙不肯为，宁屑事此。且二词虽工丽，而气衰飒，于太白超然之致，不啻霄壤。藉令真出青莲，必不作如是语。详其意调，绝类温方城辈，盖晚唐人词嫁名太白耳。

——〔清〕徐釚《词苑丛谈》卷十

望江南

〔唐〕温庭筠

梳洗罢，独倚望江楼。过尽千帆皆不是，

斜晖脉脉水悠悠，肠断白蘋洲。

词是一朵美丽的情花。因为在中国古典文学形式中，只有词这种精致的文学形式，是集中表现女性柔美的。因此，词是女性精神生活的一幅长卷，它展现了女性精神生活的方方面面，是女性情思的文学载体。

词作为女性精神生活的文学载体，有两种呈现方式：一是直接由女性抒写自己的喜怒哀乐，如李清照、朱淑真等，条件是女性自身具有填词的文学修养。二是男性作家以女性的口吻书写作品。这类作品数量庞大，多数词都是以这种方式描写女性，温庭筠的这首词亦是如此。

这首词用文字画出了一幅女子盼归图。

一开篇通过两个动作（“梳洗”“独倚”）点染出一位被相思困扰的女子。“梳洗”两字，点明了时间是早晨，同时也点明了主人公是一位女性。“梳洗罢”三字合在一起，写出了女主人公的心情急切——早晨起床，刚刚梳洗完毕，立即登楼眺望。

眺望者一定是女人吗？肯定是。因为有“梳洗罢”三个字，男人没有必要专写“梳洗”，何况男人的世界在外面，或为官，或经商，或游学，家中的盼归者，绝大多数是女性。

“独倚望江楼”五个字，写女主人公独自一人，凭栏眺望，专注地望着江面，迫不及待的心情跃然纸上。吃早饭了吗？没有写，可能这已不是女主人公在意的事了。

“望江楼”是女主人公眺望心上人的地点。

“望江楼”的“望”，是贯串全篇的中心词。其下的文字紧紧围绕着这个“望”字层层展开。

这里有两个问题。第一，这个女子是什么身份？第二，她在望谁？望的是情人，还是自己的丈夫？词中没有写。但是，这两种可能都有。其实，这两个问题是一回事，女主人公的身份和她望谁关系非常密切。

“望江楼”既点明了地点，又点明了她要等的人是乘舟而来的。

这开头二句，寥寥数字便写出了一位女子清晨独自登楼眺望的急切、专注的神态。

那么，她等到了吗？

过尽千帆皆不是。

“帆”，代指船。“千帆”，不是实指，而是指从“望江楼”上看到的经过的众多的船。“过尽”两个字，极写女主人公的等待与失望。可以想见，每当天边出现一条船时，她都渴盼着那就是自己所等待的那条船。可是，这一条不是，下一条也不是，整个上午过的都不是，整个下午过的也不是。一天过完了，仍然没有等到自己的心上人，“过尽千帆皆不是”！

“斜晖”，夕阳。“脉脉”，指默默地用眼神或行动表达情意。“水悠悠”，连绵不绝的江水。这一句是说，只有夕阳脉脉含情，注视着滔滔不绝流过“望江楼”的江水。夕阳有情，女主人公有情，只有她的心上人最无情！

难道说女主人公一年到头，天天在“望江楼”上等待吗？应该不是。她之所以这一整天待在“望江楼”上守着、候着，大概有三种原因：或者事前有约，约期将近了；或者有人捎信了，近日即回；或者每年这个时候，她的心上人都会来。所以她才会从早到晚，执着而满怀期待地在“望江楼”上望眼欲穿。

如此日复一日地等待，等待的结果，竟然是“肠断白蘋洲”！

“肠断”，极度悲伤，愁肠寸断。“白蘋洲”，地点名。水中的陆地通称为“洲”。“白蘋洲”是长满白色蘋草的洲渚。唐代诗人顾况的《白蘋洲送客》，皎然的《白蘋洲送洛阳李丞使还》《同杨使君白蘋洲送陆侍御士佳入朝》等诗，直接在诗的题目中将送别之地写为“白蘋洲”。可见，“白蘋洲”是诗词中常见的水路送别之地，是泛指，不是特指。这首词以“肠断白蘋洲”收结，表达了女主人公内心焦虑不安而又相思愁怨的复杂感情。这种复杂的感情不是今时今日才有的，大概从当年“白蘋洲”分手时就已萌生。因此，“肠断白蘋洲”绝非一时之感，而是始终折磨着她的绵绵不断的深重的苦闷。这也从一个侧面说明了这位女主人公对待感情的专注。

温庭筠的这首小令，通俗易懂，即使平时不怎么读词的人也能看得明白，这种手法叫作白描，这种风格叫作清朗疏淡。什么是清朗疏淡？清清爽爽，明明朗朗，平平淡淡，一句话，就是全词的意象非常简洁，感情的抒发非常朴素，绝少夸饰。可是在这样的简洁朴素中，我们却能感觉到温庭筠这首词用字非常讲究，凝于笔端的感情亦非常深厚，这就叫字浅情深。

不过，这并不是温词的主导风格，今存中国第一部词集《花间集》，收录了温庭筠的六十六阕词，他也因此被称为“花间鼻祖”。他的词，辞藻香艳，词风婉丽，情致含蕴，而且非常喜爱写女性，这对后世宋词的影响极大。宋词之所以成为最具情思的花，温庭筠功不可没。

温庭筠的祖上是唐代初年的宰相温彦博，但是到了温庭筠这一代，家族没落了。温庭筠在文学史上名气很大，他的诗和李商隐齐名，并称“温李”；他的词和韦庄齐名，并称“温韦”；他的骈文和李商隐、段成式齐名，号称“三十六体”。之所以称为“三十六”，是因为他们三人的排行都是十二（李十二、段十二、温十二），合起来是三十六。唐人的这种行第，是以高祖辈以下的曾祖、祖父、父亲、自己，四代人的兄弟按年龄排行计算的。

温庭筠属于才思敏捷的词人，《北梦琐言》记载他“八叉手而成八韵”。什么叫“八叉手”？“叉手”，就是拱手；“八叉手”就是八次拱手。这是说温庭筠在极短的时间内即可写成一篇八韵的律诗。因此，他便有了个绰号——“温八叉”。

温庭筠不仅才思敏捷，还不拘小节。科举考试的考场上，他在严密的监考下，不仅自己答完题，还帮助左右的八位考生，被称为“救数人”。事后，他却因此只得了一个极低的小官——县尉。后来，温庭筠当了国子助教，主持科考。他秉公办事，将所有的应试诗文公布于众，请求监督，杜绝科考舞弊。这件事得罪了权贵，再加上科考文章有抨击时政的文字，更为权贵所忌恨。最终，温庭筠被贬为方城尉，不久即没，年五十五。

温庭筠是词这种文体由民间歌谣转为文学作品的关键人物。在他之前，词作为民间的一种新兴文体，并不受文人重视。温庭筠下了很大功夫写作这种新兴文体，仅仅《菩萨蛮》这一词牌，就写了十四首之多，而且篇篇都极用心，阕阕都极工整。从全篇的结构到每句的用语，都极为绵密。温庭筠存词总量达三百一十首之多，是现今存词最多的唐代词人。这为词这种新兴文体的发展壮大贡献了不容忽视的力量。

当然，抒情圣手温庭筠谱写了大量这种秾词艳曲，当时和后世都受到人们不少诟病，但是，也正是他用惊人的创造力为词打下了一片天地，引发了后世无数文人的关注，终于使词这种新兴文体进入了众多文人的视野。

一个填词的时代，从温庭筠这里开始了。

美辞玉屑

温庭云字飞卿，或云作“筠”字，旧名岐，与李商隐齐名，时号曰“温李”。才思艳丽，工于小赋，每入试，押官韵作赋，凡八叉手而八韵成，多为邻铺假手，号曰“救数人”也。而士行有缺，缙绅薄之。李义山谓曰：“近得一联句云‘远比召公，三十六年宰辅’，未得偶句。”温曰：“何不云‘近同郭令，二十四考中书’。”宣宗尝赋诗，上句有“金步摇”，未能对，遣未第进士对之，庭云乃以“玉条脱”续也。宣宗赏焉。又药名有“白头翁”，温以“苍耳子”为对，他皆此类也。宣宗爱唱《菩萨蛮》词。令狐相国假其新撰密进之，戒令勿他泄，而遽言于人，由是疏之。温亦有言云：“中书堂内坐将军。”讥相国无学也。宣皇好微行，遇于逆旅，温不识龙颜，傲然而诘之曰：“公非司马、长史之流？”帝曰：“非也。”又谓曰：“得非大参、簿、尉之类？”帝曰：“非也。”谪为方城县尉，其制词曰：“孔门以德行为先，文章为末。尔既德行无取，文章何以补焉？徒负不羁之才，罕有适时之用。”云云。竟流落而死也。

——〔五代〕孙光宪《北梦琐言》卷四

荷叶杯

〔五代前蜀〕韦庄

记得那年花下，深夜，初识谢娘时。水堂西面画帘垂，携手暗相期。

惆怅晓莺残月，相别，从此隔音尘。如今俱是异乡人，相见更无因。

韦庄是晚唐至五代时期的著名诗人、词人，他的一生可以分为仕唐和仕蜀两个阶段。但是，韦庄生不逢时，无论是晚唐还是五代，他都颠沛流离在乱世之中。广明元年（880），韦庄到长安应试科考，适逢黄巢攻入长安，他一度与家人失散，为躲避战乱逃到了江南。后来，他根据京中见闻，写作了描写黄巢起义军的《秦妇吟》。这是一首非常优秀的长篇叙事诗，韦庄也因此被称为“秦妇吟秀才”，和“长恨歌主”白居易齐名。不过，这首长诗因故未得流传，直到敦煌文献被发现，才重见天日。

乾宁元年(894)，五十九岁的韦庄登进士第。六十二岁时，他被“宣谕和协使”李洵聘为书记，至西川，结识西川节度使王建。回长安后数年，六十六岁的韦庄应王建之邀，入川为官。907年，朱温篡唐，建梁，大唐灭亡。韦庄力劝西川节度使王建称帝，王建为前蜀皇帝，韦庄为宰相，遂终身仕蜀，七十五岁卒于成都。从他和王建的关系看，二人的合作应当比较默契；不过《十国春秋》《古今词话》《尧山堂外纪》等文献都记载了一段流传极广的两人争爱的故事。大意是说：

韦庄有一位非常宠爱的女子，这位女子不但姿容艳丽，而且擅于填词作曲。王建听说后，以教宫内女子为名，强夺此女。韦庄心里十分郁闷，写作了《荷叶杯》《小重山》等词，表达自己刻骨铭心的思念。这些曲子后来传到宫里，此女遂绝食而死。

这些文献的记载，言之凿凿，而且韦庄今传词作中就有《荷叶杯》两首、《小重山》一首，内容与文献所载相吻合，难辨真伪，我们只能姑妄听之。

这首词首句中的“记得”两字明确告诉我们，韦庄与他的宠姬被迫分手，已经不是当下的事了，至少过去好多年了。因为“记得”之后有“那年”一词，“那年”肯定不是今年，也不是去年，至少两人的分手是数年前的事了。

时间最是无情，任何事随着时间的流逝，所思所感都会慢慢淡下去，即使是刻骨铭心的感情创伤，经过时间的洗礼，伤口也会慢慢愈合。但是，这件事对韦庄来说，虽然已经有些年头了，可他的感情仍然相当浓烈。

“花下”，是二人相约的地点，用“花下”作为初次相约的地点，颇有浪漫色彩，与美人相约，花娇人艳，更添情致。

“深夜”，写时间。韦庄和宠姬的第一次约会是深夜，这是一次非同寻常的见面。“深夜”相见，一定有某些不得不顾忌的原因，否则，完全可以白天相约。虽然词人没有交代这些原因是什么，但是，这种见面的时间，揆以常情，多有不可言传之处。

“初识谢娘时”一句，交代了这位宠姬的身份。“谢娘”，即谢秋娘。谢秋娘，在中国古代诗词中有三种说法：一是唐代著名歌妓。二是泛指歌妓美女。三是指杜秋，后世多称为“杜秋娘”。其中，三种说法中的“杜秋娘”最具传奇色彩。杜秋娘天资艳丽，能歌善舞，还能作诗、填词、谱曲。十五岁时，因其艳名极大，成了镇海节度使李锜的侍妾。李锜叛乱被杀后，杜秋娘作为罪臣的眷属，被唐宪宗纳入宫中，仍做歌妓。由于杜秋娘的容貌、舞技、填词作曲的才学都无人能及，遂大受唐宪宗宠幸，简直就是“后宫佳丽三千人，三千宠爱在一身”。唐穆宗即位后，杜秋娘被任为唐穆宗儿子李凑的傅姆。后来，李凑被废，杜秋娘被放回故乡。

杜秋娘曾传下一首非常有名的《金缕衣》诗：

劝君莫惜金缕衣，劝君惜取少年时。

花开堪折直须折，莫待无花空折枝。

不过，在韦庄的这首词里，“谢娘”应当指的是一位歌妓，即韦庄的宠姬。

上片后两句，“水堂西面画帘垂，携手暗相期”写初次见面的环境。画帘低垂，水堂西侧，两人携手相约。“暗相期”，指私下订了终身相伴的誓言。

这种美好的回忆，让人心羡不已。旧欢越是热烈，新愁越是难弃。

下片换头，以无限的悲苦，写出了当下的离恨：

惆怅晓莺残月，相别，从此隔音尘。

“惆怅”二字，写得很含蓄，其实何止是“惆怅”，词人对这种夺爱之举充满了愤怒，但在表达上又不得不有所顾忌，毕竟自己和王建是君臣关系。“晓莺”，晨光里的黄莺；“残月”，夜色中的一弯残月。意思是说，从别后，再难逢，无论是“晓莺”鸣叫的早晨，还是“残月”当空的深夜，我的世界里没有欢乐，只有“惆怅”。你我之间的“相别”，不是一般意义上的别离，而是今生今世的永别。“从此隔音尘”，“音”指声音，“尘”指尘土，这里以“音尘”指代音讯、消息。从此之后，你我永无相见之时了，连互通消息的机会也没有了。永别之苦，词人以淡淡的“惆怅”写出，更突出了其沉痛与无奈。

韦庄的这首词，在结尾两句之前，几乎都是叙述和描写自己的追忆，直到结尾，词人再也忍不住了，发出了无限感慨之语：

如今俱是异乡人，相见更无因。

韦庄是长安（今西安）人，在蜀地（今四川）为官，自然是“异乡人”，自己的“谢娘”亦非蜀人，因此，“俱是异乡人”，“异乡人”在“异乡”分别，自然相见就更没有机会了，这就叫“相见更无因”。

韦庄一生，并非只写了这一首词来怀念这位宠姬，《荷叶杯》这一词牌，他就写了两首。另一首如下：

绝代佳人难得，倾国，花下见无期。一双愁黛远山眉，不忍更思维。

闲掩翠屏金凤，残梦，罗幕画堂空。碧天无路信难通，惆怅旧房栊。

这首词的上片写怀人。首二句写倾国倾城的美人一去，再不复相见。想起她那一双带着愁情的远山眉，不忍再想下去。其实，词人说不忍再想，却一想再想，无法忘却，离恨更深。下片写室内用翠羽、金凤的屏风虚掩着，梦醒后，画堂只有罗幕，空无一人。碧天茫茫，可惜无路传信，只能在房里独自惆怅。

韦庄还有一首《小重山》，也是写他对宠姬怀念之情的佳作。这些作品句句泣血，字字含泪，令人不忍卒读；可是韦庄却忍不住一写又写，一次次揭开内心的伤疤，一次次咀嚼难言的苦痛，可见其爱之深、情之切、痛之真了。

韦庄是中国古代第一个词学流派“花间派”的代表作家。他的出现，标志着“花间派”的成熟。

美辞玉屑

小重山

〔五代前蜀〕韦庄

一闭昭阳春又春。夜寒宫漏永，梦君恩。卧思陈事暗消魂。罗衣湿，新揾旧啼痕。

歌吹隔重阍。绕庭芳草绿，倚长门。万般惆怅向谁论？凝望立，宫殿欲黄昏。

韦庄以才名寓蜀，蜀主建遂羁留之。庄有宠人，资质艳丽，兼善词翰。建闻之，托以教内人为词，强庄夺去。庄追念悒怏，作《谒金门》词云：“空相忆，无计得传消息，天上嫦娥人不识，寄书何处觅？新睡觉来无力，不忍把伊书迹。满院落花春寂寂，肠断芳草碧。”姬后传闻之，遂不食，卒。

——〔明〕蒋一葵《尧山堂外纪》卷四十

韦庄以才名寓蜀，王建割据，遂羁留之。庄有宠人，资质艳丽，兼善词翰。建闻之，托以教内人为词，强庄夺去。庄追念悒怏，作《小重山》及《空相忆》云……情意凄怨，人相传播，盛行于时。姬后传闻之，遂不食而卒。

——〔宋〕杨湜《古今词话》

菩萨蛮

〔五代前蜀〕韦庄

人人尽说江南好，游人只合江南老。春水碧于天，画船听雨眠。

垆边人似月，皓腕凝霜雪。未老莫还乡，还乡须断肠。

韦庄的《菩萨蛮》今传有五首，这五首并不是同一时间写的，“人人尽说江南好”这一首应是写得比较早的一首。

词作前两句说：“人人尽说江南好，游人只合江南老。”这里特别要提醒两处：一个是“人人”，“人人”就是每一个人。二是“尽说”，“尽说”就是每一个人都说。说什么呢？说“江南好”。既然江南这么好，应该怎么样呢？“游人只合江南老”，“游人”应当在江南住一辈子，直到人生结束。

但是，这里面包括韦庄吗？应该不包括。既然“人人尽说江南好”，为什么说韦庄并没有包括自己呢？我想指出这一点对我们理解这首词特别重要。韦庄对“江南好”是有自己的看法的。这个看法是什么呢？我们可以借用东汉王粲《登楼赋》中的两句名言：“虽信美而非吾土兮，曾何足以少留。”虽然这里非常美丽，但它毕竟不是我的故乡，一点儿都不值得我在这儿稍稍停留。王粲的这句话点出了每一个人心中的乡恋。对故乡的留恋，常常使我们难舍故土；对故乡的思念，又常常使我们满腹乡愁。这份难舍与愁闷并不会随着时间的流逝而淡化，相反，它会愈加浓烈。王粲在《登楼赋》中还说：“遭纷浊而迁逝兮，漫逾纪以迄今。情眷眷而怀归兮，孰忧思之可任？”遭逢乱世而漂泊迁徙，虽然已经十年了，但是怀乡的眷眷之情始终如一，这样的忧思怎可承受？

韦庄和王粲一样，亦是生活在战争频仍的统一王朝的末期与新王朝初建的过渡时期，他的一生并不幸运。韦庄是京兆杜陵人，杜陵在今陕西西安，他是地地道道的北方人。四十五岁时，韦庄到长安参加科考，适逢黄巢攻陷长安，他亲历了这场大动乱。逃出长安的六七年间，他被迫在江南流浪。因此，尽管"人人尽说江南好，游人只合江南老"，但是，这只是他人的看法，韦庄从不这样想、这样做。事实上，韦庄也确实没有这样做。在结束流浪生活后，韦庄北归，科考成功。此后，他再也没有回到江南。

明白了这个道理，我们便懂得了韦庄写"人人尽说江南好，游人只合江南老"的真实用意，纵使"人人尽说江南好"，江南的暖风熏得游人醉，思乡之情仍然是韦庄内心的主旋律，故乡永远是韦庄心向往之的家园。

下面两句"春水碧于天，画船听雨眠"，具体写出了江南的好。春天的江面，湛蓝湛蓝，坐在江上的画舫中，听雨而眠，真是美不胜收，妙不可言。而江南不仅景美，人也美，下片开头紧承上片："垆边人似月，皓腕凝霜雪。"当垆卖酒的姑娘，像天上的月亮，明媚可人；她洁白的手臂，像是凝结的霜雪，白皙柔软。

"垆边人似月，皓腕凝霜雪"这两句用了一个典故，这一典故出自《史记·司马相如列传》。赏识司马相如的梁孝王死后，司马相如郁郁不得志，便称病回到了家乡。他一贫如洗，无以自业。临邛县县令王吉与司马相如是好朋友，他和司马相如商量了一个好办法。他先把司马相如请到临邛县，天天到宾馆去看望，司马相如却一律谢绝。司马相如越是谢绝，王吉越是恭敬，照样天天来访。一来二往，这件事成了临邛县的一大新闻，吸引了县中两位富商的关注，其中一位即是卓文君的父亲卓王孙。卓王孙听说县令天天去宾馆看望一位客人，还屡屡碰壁，非常好奇，很想见识一下这位神秘的客人。思来想去，便想出一计：既然是县令的贵客，我们理应表示一下，不如备下一桌酒宴，好好款待一下人家，顺便宴请一下县令。卓王孙说干就干，挑了一个黄道吉日，发出数百张请帖，把县里的大小名人请了个遍，就等一睹司马相如的风采。宴请这天，王吉先来到卓王孙家中，此时上百宾客已入席。等到中午，卓王孙派人去请司马相如前来赴宴，但是，司马相如却推说有病不往。本来，等陪客们都到了，才去请主宾，这是对客人非常尊敬的一种做法。现在司马相如不来，王吉菜都不敢吃一口，立即亲自登门去请。这可吊足了观众的胃口！待司马相如一到，在座的宾客个个伸长脖子去看——这位传说中的人物果然不同凡响，他的风采立刻震撼了整个临邛上流社会。

有趣的是，《汉书》和《史记》记载县令亲请司马相如一事，有二字之差：《史记》写的是“相如不得已，强往”，《汉书》写的是“相如为不得已而强往”。《汉书》多了一个“为”字，“为”者，“伪”也。原来，司马相如故作清高，假装不愿去赴宴。

酒宴进行到高潮时，王吉把一张琴恭恭敬敬地送到司马相如面前，说：听说长卿的琴弹得极好，希望能弹一曲“自娱”一下。司马相如一再推辞，王吉一再相邀，最后，司马相如顺手弹了两支曲子。弹两支曲子，到底是为了什么呢？

原来，卓王孙有一个女儿叫卓文君，这位文君小姐年方一十七，刚刚守寡，回娘家暂住。她酷爱音乐，精通琴瑟。所以，司马相如与其说是为王吉弹了两支曲子，不如说是想用琴音挑动卓文君的芳心。

司马相如其实早就把卓文君给琢磨透了，弹奏一支饱含爱慕之情的琴曲，曲中之意唯有卓文君能解。这样既契合了卓文君的心理兴奋点，又给她无处安放的浪漫一个完美的着陆。

而卓文君呢，她从门缝里看见司马相如风流倜傥的样子，内心早已十二万分仰慕。

酒宴结束，司马相如派人用重金买通卓文君的侍女，直接表白爱慕之情。卓文君此时正被司马相如迷得七荤八素，想着怎么结交这位风流大才子呢，听自己的侍女说司马相如亦倾慕自己，当下简直要疯了，居然有这等好事！于是她奋不顾身，连夜从家中出逃，跑到司马相如下榻的宾馆。司马相如一见卓文君到来，按捺不住心中的狂喜，当夜带她立即离开临邛，回到成都自己家中。

这时卓文君才发现，司马相如家徒四壁。

卓王孙听闻此事后大怒，放言不会给他们一分钱，两人度过蜜月后，立即感受到了生活的艰辛与窘迫。第一个喊出受不了的是卓文君！司马相如于是同意了爱妻的建议：变卖车马，在临邛买了一个酒舍，文君当垆，自己则“身自著犊鼻裈，与保庸杂作，涤器于市中”。

卓文君是大家闺秀，才学与美貌并存，她当垆卖酒自有一番风情。韦庄用这个典故来描写江南的女子，又直言这个当垆人如月一般纯洁柔美，洁白的手腕上好似凝结着晶莹的霜雪，更凸显了江南女子的动人情致。与如此可人儿相伴，恐怕要沉浸在温柔乡中无法自拔了，难怪韦庄在末尾坦言：

未老莫还乡，还乡须断肠。

这两句层次挺多，首先是想到了“还乡”，这是第一层。其次，“未老莫”还乡，这是第二层，“还乡”之事不用急，反正还年轻。最后，“还乡须断肠”，回乡了，你会后悔的，这是第三层。

可是，这里韦庄真的在劝大家珍惜眼前的美景美人，不要回乡了吗？

请注意，和江南如诗如梦的生活相对应的是，陷于战乱中的故乡正处在水深火热当中，正像韦庄在《秦妇吟》中所写的：“内库烧为锦绣灰，天街踏尽公卿骨。”皇家仓库中的锦绣衣服被烧成了灰，京城处处横尸街头的是公卿大臣。依靠政府军队平叛，结果是“又道官军悉败绩”。

这样的家乡如何回得去呢？

回不去就真的不回了吗？当然不是。正如我们之前分析的，韦庄始终挂念着家乡的安危，渴望早日返乡，所以他勾画的这幅清丽的江南水乡图的背后，正是对家乡惨遭战火蹂躏的痛心与担忧，他书写的这一个个色彩明快的字眼的背后，正是对家乡哀愁而焦虑的无限思念之情。

清人陈廷焯在《白雨斋词话》中评韦庄的词说：“韦端己词，似直而纡，似达而郁，最为词中胜境。”“似直而纡，似达而郁”，指韦庄的词看似直率，实则委婉曲折；感情看似通达，实则深重沉郁。从这首《菩萨蛮》中，我们便可以看出其“似直而纡，似达而郁”的特点。

韦庄的《菩萨蛮》一共写了五首，这里讲的是第二首，我们不妨读读他的第三首：

如今却忆江南乐，当时年少春衫薄。骑马倚斜桥，满楼红袖招。

翠屏金屈曲，醉入花丛宿。此度见花枝，白头誓不归。

其中，“如今却忆江南乐，当时年少春衫薄”两句，点明了这首词是晚年之作。“当时”，应当是写我们今天说的这首词的时候。那么“如今”呢？韦庄晚年仕蜀，是蜀主王建的重臣，所以“如今”应指的是韦庄在蜀地的时候。蜀地，依然不是词人的家乡，而且蜀地比起年轻时羁留的江南，离中原更远了。如果说漂泊江南时是有家归不得，那么当大唐王朝已经覆灭，偏安在蜀地的韦庄，已经是无家可归了。所以当他再次想起江南的盛景，反而觉得迷人而可爱，令人留恋了。末尾“白头誓不归”看似决绝，可其饱含着的，却是无尽之悲凉与无奈了。

按理说，韦庄晚年协助王建建立前蜀政权，位高权重，当是生活很安逸的了，可是那藏于心中的乡愁却始终未变。我们再借用王粲《登楼赋》中的两句：“人情同于怀土兮，岂穷达而异心！”每个人对故乡的怀念，绝不会因为人生的顺利或困顿而有所差别，流落江南也好，安于蜀中也罢，韦庄渴望的，仍是那一个熟悉的故乡啊！

菩萨蛮（其四）

〔五代前蜀〕韦庄

劝君今夜须沉醉，尊前莫话明朝事。珍重主人心，酒深情亦深。

须愁春漏短，莫诉金杯满。遇酒且呵呵，人生能几何。

此章述蜀人劝留之辞，即下章云“满楼红袖招”也。“江南”即指蜀。中原沸乱，故曰“还乡须断肠”。

——〔清〕张惠言《词选》

摊破浣溪沙

〔五代南唐〕李璟

菡萏香销翠叶残，西风愁起绿波间。
还与韶光共憔悴，不堪看。
细雨梦回鸡塞远，小楼吹彻玉笙寒。
多少泪珠何限恨，倚阑干。

在说这首词之前，我们先看看历史上的南唐中主李璟。

李璟是从他父亲手中接过帝位的。即位以后，他不顾父亲李昪（biàn）临死之前交代的“守成业”“交邻国”“保社稷”的告诫，在新贵大臣开疆拓土的众声喧哗中，自以为自己真的就是大唐的后裔，甚至一度产生了平定中原、恢复大唐旧都的想法，悍然对邻国用兵，先后与东南的闽、西部的马楚政权交兵。遗憾的是，这些行为不但未能开疆拓土，反而极大地消耗了南唐的国力，南唐由盛转衰当由此开始。

李璟扩疆失利以后，由进转守，甚至发出终生不再用兵的慨叹。

但是，自己不用兵，并不能阻止邻国用兵。此时，中原的后周迅速崛起，周世宗统一天下的步伐已经大踏步地迈开了。

后周显德二年（955）十一月，周世宗柴荣兵发大梁，剑指南唐的门户、军事重镇寿州（今安徽寿县），正式拉开了南征的帷幕。

当时的李璟正沉浸在春花秋月之中，享受着生活。

经过后周三年的三次征伐，南唐军屡战屡败，这位善于享受生活的皇帝再也潇洒不起来了。他派使者奉表渡江，愿意去帝号，奉周正朔，割让江北十四州，划江为界，并奉送大量财物，乞降。

至此，南唐和后周的淮南争夺战落下帷幕，后周的国境线向南推进到了长江一线。后周帝国的版图上从此多了十四州、六十县。

南唐江北的十四州为后周所有后，打破了几十年来南北势力均衡的局面，后周获得了大片的土地、众多的人口及这片广袤土地上的丰富物产。同南方各国相比，后周处于绝对的优势。与此相反，南方十国中，最强大的大国南唐，失去了一半领土，一下子变成了小国。以继承大唐帝国自居、自命正统的南唐，从此被迫摘下“大唐”的招牌，沦落为一个战战兢兢、提心吊胆、看着后周脸色行事、苟延残喘的属国。

淮南战败后，中原的疆域推进到长江一线，南唐的都城金陵与江北只有一水之隔，直接暴露在中原军事力量之下，而且，南唐的君臣都清楚，中原绝对不会以划江为界而满足，一旦时机成熟，一定会举兵渡江南下。因此，这个时候，南唐中主李璟产生了迁都的想法。

素来缺乏主见的李璟，在迁都问题上，表现得异乎寻常的坚决，在一片反对声中，迁都洪州（今江西南昌）。

但是，南唐的这次迁都，非常仓促，并未来得及对洪州进行大规模修缮营建。洪州狭窄局促，宫殿府库、军营官署不及金陵的十之一二，群臣都无处立足。善于享受生活的南唐官员日夜思念金陵的繁华，日夜思念东归，无心与李璟共患难，李璟也心生悔意。当初，唯一赞同迁都的枢密使唐镐既惭愧又害怕，发病而死。

李璟即位之时，南唐地跨江淮三十余州，物力丰富，慨然有统一天下之志；及后周崛起，淮南失地，被迫削去帝号，改称国主；宋太祖赵匡胤平定扬州，炫耀武力，李璟恐惧，被迫退缩洪州一隅，满朝怨声，李璟灰心丧气。

建隆二年（961）六月，李璟在战败的屈辱与迁都的抑郁中离开了人世。

了解了李璟的所为与所感，我们再去读这首《摊破浣溪沙》，便能更好地理解其中蕴含的感情了。

这首词上片的前两句“菡萏香销翠叶残，西风愁起绿波间”，写了萧瑟秋风中的秋景。秋景的写法极多，词人抓住了一个典型的景观荷花作为抒写的对象。

“菡萏”，是荷花的别名。“香销”，是指秋风下的荷花已经香消玉殒，点出荷花的“味”没了。“翠叶残”，指荷叶凋零，翠绿是荷叶最美的颜色，如今翠绿变色残破，点出荷花的“色”也败了。“西风”，指秋风。“绿波”，指荷池中的盈盈水波。秋风从水面吹过来，带给人们无限的愁绪。上片开篇两句中最重要的一个字，不是花，不是叶，而是“愁”。荷败叶枯，一派肃杀景象中，最让人心中添堵的是“愁”。

如果是单纯的悲秋伤春，此愁并不可怕。如果在悲秋伤春之外另有愁情，那么这就值得我们深究了。

还与韶光共憔悴，不堪看。

“韶光”，语兼二义，明指荷花盛开之日的大好时光，暗指自己美好的时光。花败叶残的荷花，如同自己的人生，已经过了一生中最美好的时光，如今，自己已是身心憔悴，不忍心再目睹满眼的残荷枯叶。“不堪看”，不忍心再看。眼中的荷花香消玉殒，自己又何尝不是如此呢？

从这个角度来看，词人写作此词，似乎是思妇的口吻。

下片换头二句，“细雨梦回鸡塞远，小楼吹彻玉笙寒”，“鸡塞”“小楼”，这些意象明确表明了这首词是从思妇的角度写的。“梦回”，梦醒。梦醒时，细雨霏霏，仿佛又回到了遥远的边关鸡鹿塞。

鸡鹿塞，在今内蒙古自治区磴口县西北哈隆格乃峡谷口，“鸡塞”是鸡鹿塞的简称。

据《后汉书·和帝纪》载，永元元年（89），车骑将军窦宪出鸡鹿塞，大破北匈奴，窦宪因此登燕然山刻石记功。这是汉匈战争史上的一次重大战役。燕然勒石，也是军人功成名就的标志。范仲淹曾写下“燕然未勒归无计”的句子，点出了无数戍卒的宿命。

词中的鸡鹿塞，泛指边关。

梦醒起来，在小楼吹笙，表达自己对边塞亲人的思念。“吹彻”，吹到最后一支曲子。“彻”，完，大曲中的最后一遍。“玉笙”，笙之美称。“寒”，冷。这个“寒”字和全句有什么关系呢？

有两种说法。

一种说法是：笙有簧片，只有簧片热的时候，吹出来的音才准。吹得时间长了，簧片上沾满了雾气水分，冷下来了，吹出来的音就不合律了。所以这里意为吹笙吹到簧片寒了，不能再吹的时候才停下来，表达了思妇的怨恨的深长。

另一种说法是：吹完了大曲的最后一遍曲子，感到寒意阵阵了。

李璟的这两句得到了后人诸多的高评。宋人胡仔的《苕溪渔隐丛话》卷五十九载：

> 《雪浪斋日记》云：“荆公问山谷云：‘作小词曾看李后主词否？’云：‘曾看。’荆公云：‘何处最好？’山谷以‘一江春水向东流’为对。荆公云：‘未若“细雨梦回鸡塞远，小楼吹彻玉笙寒”。’”

王安石曾问黄庭坚：看过李后主写的小词吗？黄庭坚说：看过。

王安石再问：哪一处最好？黄庭坚回答：（恰似）一江春水向东流。王安石说：这一句不如“细雨梦回鸡塞远，小楼吹彻玉笙寒”。

王安石在这里犯了一个记忆上的小错，把南唐中主李璟的名句“细雨梦回鸡塞远，小楼吹彻玉笙寒”当成了后主李煜的名句了，但是，王安石充分肯定了这两句写得非常巧妙。

作为全词的结尾，词人以“多少泪珠何限恨，倚阑干”作结。“多少泪珠何限恨”是说思妇流下多少泪珠，才可以表达她内心数不清、说不尽的遗憾呢？只有独自凭栏，眺望远方，默默流泪。

李璟的这首思妇怀人之作，究竟有没有寄托呢？如果结合李璟和南唐的历史来看，这首词不可能没有现实的阴影。身为南唐国主，面对满目衰败的江山，不可能只抒发思妇之情，他的悲愁，应当饱浸了国将破、家将亡的苦痛与哀伤。

美辞玉屑

南唐中宗《山花子》云：“还与韶光共憔悴，不堪看。”沉之至，郁之至，凄然欲绝。后主虽善言情，卒不能出其右也。

——〔清〕陈廷焯《白雨斋词话》

南唐中主词：“菡萏香销翠叶残，西风愁起绿波间。”大有众芳芜秽、美人迟暮之感。乃古今独赏其“细雨梦回鸡塞远，小楼吹彻玉笙寒”，故知解人正不易得。

——〔清〕王国维《人间词话》

破阵子

〔五代南唐〕李煜

四十年来家国，三千里地山河。凤阁龙楼连霄汉，玉树琼枝作烟萝，几曾识干戈？

一旦归为臣虏，沈腰潘鬓消磨。最是仓皇辞庙日，教坊犹奏别离歌，垂泪对宫娥。

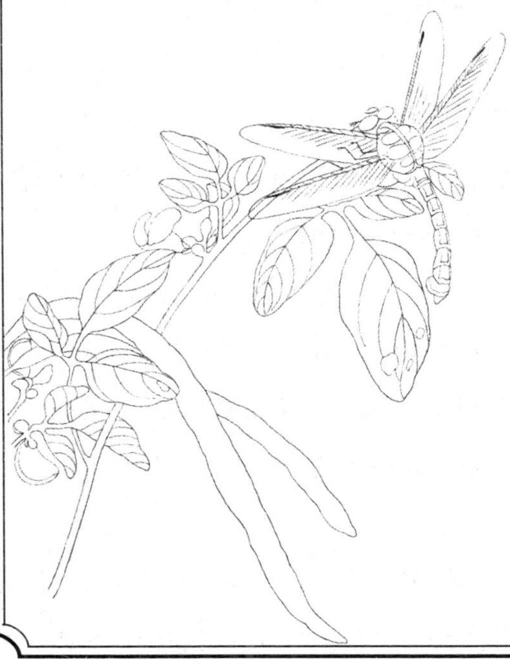

唐朝末年，地方藩镇势力渐次坐大。其中，居扬州的淮南节度使杨行密，902年受封吴王，历史上称为吴杨。905年，杨行密下世，大权旁落，大将徐温的养子、金陵府尹徐知诰受封齐王，并在937年受禅让，建齐国。升元三年（939）改国号为大唐，并改名李昪，建国南唐，他就是南唐的第一代国君。

因此，南唐是在唐末藩镇割据、社会动乱中诞生的一个江南政权，开国帝王是李昪，继位者分别是中主李璟、后主李煜。

从955年至958年，后周世宗柴荣的三次南伐，唐军大败，淮河水军全军覆没。中主李璟被迫向周世宗柴荣上表，自请划江为界，尽献淮南十四州，对后周称臣，从此，南唐国力大减。

后主李煜961年继位，此时，后周已为大宋所代，宋太祖赵匡胤定下了“先南后北”、统一天下的战略目标。

既然是“先南后北”，开宝七年（974），赵匡胤发兵灭南唐。为了顺利灭掉南唐，赵匡胤派六路大军，合围南唐都城金陵。

开宝七年十月，大将曹彬率领水军，从荆州出发，沿着长江顺流而下，一路畅通无阻，很快就到了池州附近。为什么大宋军队的进军能够如此顺利呢？

大宋与南唐以长江为分界线。曹彬率领大宋水师很可能是沿着长江北岸南下的。大宋每年都有派遣军队巡江的惯例，因此，南唐沿长江戍守部队都认为这是宋朝派遣舰船巡视长江，遂闭营自守。曹彬率军从荆南出发，直到池州，这是一段很长的水路，中间没有与江南的南唐军队发生任何冲突。这就进一步强化了南唐沿江军队普遍认为的这支部队是大宋巡江军队的错误认识。按理说，大宋巡江的军队数量应该不是很多，而此次曹彬部率领大批战船出发，应该能引起他们的警惕，但事实上并没有。

这样，曹彬率领的部队顺利躲过南唐在长江南岸驻守的大批人马，直奔池州。

南唐池州守军最初以为是大宋的巡江军队，和往年一样，准备了酒肉，派使者前去慰问。但是，池州驻军很快发觉这次的巡江军队不同以往。等到发现真相，为时已晚，池州守将弃城而逃，宋军不战而下，顺利进入了池州。

此前，负责架桥的军队已顺利到达了石牌口（今安徽怀宁西南长河口之南石牌河口处）。有人提议说，长江江阔水深，自古以来没有架设浮桥而过江的先例，最好先在石牌口试验一下。于是，依照设计方案，类比采石矶的江面，在石牌口江面架设浮桥，试验成功，派大军守护。

曹彬大军占领池州后，先后顺利攻克铜陵、芜湖、当涂，直逼采石矶。采石矶是长江三大名矶之一（另两处为城陵矶、燕子矶）。自古以来，南北分裂以江为界时，江北攻伐江南，十有七八是从采石矶渡江。大宋计划渡江之处也在此。因此，曹彬率军一举击溃南唐军队两万余人，占领采石矶。

占领采石矶以后，大宋负责架桥的工匠立刻将石牌口架设的浮桥整体迁移到采石矶，然后系上绳索，三日而成，不差一尺一寸。在长江北岸早已待命的大军立刻渡江，如履平地，南北宋军会合。

刚开始建造浮桥的时候，李煜听说后不以为意：我认为这是儿戏。他万万没想到，采石矶上的浮桥不但架成了，而且大宋的军队也顺利渡过了长江。待他急忙派人前去攻击浮桥时，为时已晚。

历史并不像人们想象的那样，李煜未曾抵抗，实际上，李煜对宋军进行了抵抗，他不想亡国。

从开宝八年（975）二月到冬天的十一月，大宋军队持续九个月围困金陵，李煜坚决不肯投降。十一月二十七日，大宋对金陵发起全面进攻，金陵失陷。此时，李煜率众臣奉表纳降，仓皇辞庙。第二年正月，李煜被送到京城开封，开始了做大宋臣子的生活。

李煜最后的投降是不得已而为，君临天下和毁家灭国的区别他是拎得清的。

说了这么多，我们再来看李煜的这首词，便能理解他当时的心境。

这首词上片的前两句“四十年来家国，三千里地山河”，是对江南故国的沉痛回顾。从徐知诰受封齐王，并于937年接受禅让建齐，至李煜975年亡国入京，历时39年，言“四十年”，只是一个概数。“四十年”后加一“来”字，更显得这段历史对李煜来说多么重要。毕竟这是传了近四十年的“国”，更是传了三代人的“家”。“家国”，指“家”和“国”。对中国古代的帝王来说，“家”和“国”本来就是一而二、二而一的统一体。“家”没了，“国”也没了。这一句是从时间上来讲的。“三千里地山河”一句从空间上来讲。南唐鼎盛期有三十五个州，大致包括今江西

全省和安徽、江苏、福建、湖南、湖北等省的一部分。言“三千里地山河”，大体不差。如此辽阔的一片国土，转瞬之间化为乌有。李煜困惑而又惶恐。

四十年来的江山，三千里地的山河，是祖宗留下来的家业。这一切都在李煜的手中丢失了。这首词一开篇就表达了李煜十分沉重的心情。

凤阁龙楼连霄汉，玉树琼枝作烟萝。

“凤阁龙楼”，指金陵城中的宫殿楼阁，雕龙铸凤。“霄汉”，指天河，“连霄汉”，是直通霄汉。“玉树琼枝”，形容树木的名贵。“烟萝”，烟雾中的女萝。“烟萝”前加一“作”，是“当作”之意。这么名贵的树木，在南唐的皇宫中，看得如同山中的“烟雾女萝”一般普通。这两句虽然只写了宫殿楼阁的巍峨、名树的众多，但是却将南唐金陵的繁华写出来了。如此繁华的都城竟然也荡然无存了！

上片最后一句“几曾识干戈”，道出了拥有如此豪奢的宫殿、名园的南唐，为什么会一下子丧失了这一切？因为，这片辽阔、富饶的国土的主人，何时会想到还会有血流成河的战争？何时会懂得要面对手持刀兵的凶神恶煞？真是人生的不幸！“几曾”，何曾。“干戈”，武器，代指战争。“识干戈”，懂得战争。

历史悠长、土地广袤、宫殿奢华的故国，只因一场战争，一切都消失得无影无踪了。

下片换头二句：

一旦归为臣虏，沈腰潘鬓消磨。

这是写亡国后成为俘虏的李煜，苍老、消瘦，精神备受折磨。“一旦”，表示某一天。“归为臣虏”，李煜归宋为臣，实际上只是一位特殊的俘虏。“沈腰潘鬓”是两个典故：“沈”，指沈约。《南史·沈约传》记载：沈约老了，经常害病，皮带常常要移动孔洞。后人就用“沈腰”代指人一天天消瘦。“潘”，指潘岳。潘岳曾在《秋兴赋序》中说：我三十二岁时，鬓角开始出现白发，因为黑发、白发并存，所以为“二毛”。后人遂以“潘鬓”指代中年白发。

这两句是说，自从做了亡国的俘虏，我为悲痛所折磨，人瘦了，腰细了，两鬓斑白了。李煜的精神遭到了极大的打击。

最是仓皇辞庙日，教坊犹奏别离歌，垂泪对宫娥。

这三句是说，更让人受不了的是仓促之间拜别太庙时，宫中的教坊乐队，尚在演奏着别离的曲子，我只能垂泪面对宫人了。“最是”二字，极为沉痛，因为拜别太庙是李煜最为痛苦的时刻。司马迁曾在《报任安书》中说：“太上不辱先。”古人一向将不辱没先人作为人生的最高原则。李煜亡国是辱先之举，其沉痛、自责的心境可想而知。更何况，李煜的辞庙是在十分“仓皇”的特殊情况下完成的，连从容地拜别都不允许，这更让他悲痛异常。

太庙是帝王祭祖之地，也是皇家最看重的地方，李煜降宋以后，丢了江山，太庙亦无人照看了，自己更不能每年祭祖了，成了不肖子孙。

古人认为，项羽四面楚歌之时，还能悲歌慷慨，唱出《垓下歌》，犹有喑呜叱咤之气；而李煜辞庙离宫时，只能挥泪对宫娥，简直如小女儿一般。我想，这也正是李煜的悲剧，他终究是文弱的，即便历史赋予了他高高在上的帝王身。

这首词的上片极写南唐的繁华，下片极写南唐亡国时李煜的伤感。一荣，一悲，对比鲜明，写尽了李煜的亡国之痛、亡国之悔、亡国之恨。

美辞玉屑

项羽夜闻汉军，四面皆楚歌，泣数行下，歌曰："力拔山兮气盖世，时不利兮骓不逝。骓不逝兮可奈何，虞兮虞兮奈若何。"《东坡志林》载，李后主去国之词云："二十余年家国，数千里地山河。几曾惯干戈。一旦归为臣虏，沈腰潘鬓消磨。最是苍黄辞庙日，教坊犹奏别离歌，挥泪对宫娥。"东坡谓后主当恸哭于九庙之下，谢其民而后行，顾乃挥泪对宫娥？其词凄怆，同出一揆。然羽为差胜，其悲歌慷慨，犹有喑呜叱咤之气，后主直是养成儿女之态耳。

——〔宋〕萧参《希通录》

相见欢

〔五代南唐〕李煜

无言独上西楼，月如钩，
寂寞梧桐深院锁清秋。
剪不断，理还乱，是离愁，
别是一番滋味在心头。

李煜的《相见欢》（无言独上西楼）是其代表作之一。

这首小令分为上下两片。上片写景，下片抒情。

词作开篇即写“无言独上西楼”，“无言”，可以作两种理解：一是无话可说；二是并非真的无话可说，而是无人可以对话。

究竟哪种说法有道理呢？换句话说，“无言”该如何解读呢？

我们来看两条史实。

第一条：

从开宝八年（975）的春天到冬天十一月，大宋军队连续九个月围困南唐都城金陵，等待总攻。

金陵城内李煜请求退兵不成，外围援助彻底无望，城中士气低落，百姓生活陷入危机。大宋战前总指挥曹彬下发了最后通牒，但李煜仍拒绝投降，迟迟不肯归顺。为什么呢？其中一个重要原因是手下大臣的蛊惑。

李煜手下有两个坚决主战的实权人物：陈乔和张洎。

城陷之时，两人一起去见李煜。陈乔劝李煜背城一战，言外之意是劝他自杀殉国。李煜只哭不应，陈乔最终自缢殉国。

与陈乔相约同赴国难的张洎，只是嘴上说说，实际上并没有自杀的念头。陈乔自杀后，张洎对李煜说：臣子我与陈乔共同掌领国家中枢要务，照理应该一起为国捐躯。但想到陛下要到中原朝廷，谁能够帮助陛下说明江南的事情，只有我啊。最终，张洎跟随李煜降宋。

大宋灭南唐的总指挥曹彬在李煜降宋之后，一再交代李煜：归顺朝廷后，俸禄赏赐有限，你平素花费那么多，多带一些宫中的财宝物品吧。如果经官吏造册登记后，一件物品也不能再动了。他让李煜回宫，随意拿取南唐宫中的物品，尽量多带。

李煜国破家亡，内心的滋味极不好受，哪儿有心思蓄积财物，他利用最后这次机会，把大量黄金赏赐给近臣，自己所取极少。

降宋后，张洎经常去拜访李煜，但不是去看望他，而是去索取钱财。李煜离开江南时，心灰意冷，宫中财物几乎一无所取，入宋后生活本来就很苦，手头也紧。张洎来的次数多了，李煜无奈就把自己的一个白金脸盆给了他，张洎仍觉得不满足。张洎的表现让李煜非常难受，自己的臣子降宋后，竟然也敢到自己住处来搜刮财产。

第二条：

伴随李煜降宋的还有小周后。小周后的漂亮众所周知，她姐姐还没死，李煜就和她有了肌肤之亲，并且还写了香艳的词作，传遍大江南北。宋太宗对小周后也上了心，经常召唤她入朝，一去就是好几天，每次回来，小周后都会大骂李煜，李煜只能忍气吞声，任凭小周后怒骂。这显然是赵光义强幸了小周后，宋代因此还产生了一幅名画《熙陵幸小周后图》。宋太宗赵光义喜欢小周后，李煜心知肚明，却无能为力，实在是苦不堪言。

根据上面两点，大家可知，李煜的“无言”，应该是二者兼有，既有无话可说的意思，又有无人可说的意思。南唐的坚城、利兵，一无所用，国破家亡能说些什么？昔日的近臣欺负到主子的头上，最喜爱的女人也被当今皇上欺负了，他能向谁说？

如今，他迈着沉重的步履，孑然一身，独自登楼，想起过去的凤舆銮驾，香车宝马，随从列队，宫女如云，有何可言呢？向谁可言呢？怎能不“无言”呢？

抬头仰望，一弯残月，照着萧索的瘦影；低眉俯视，清秋锁住了梧桐，锁住了落魄的人、孤寂的心、思乡的情、亡国的恨。这一句“寂寞梧桐深院锁清秋”用了“梧桐”这一意象。在中国古代诗词中，“梧桐”往往与“秋”相伴，表达凄凉悲伤的情感。李清照的《声声慢》中“梧桐更兼细雨，到黄昏，点点滴滴。这次第，怎一个愁字了得”就是用“梧桐”这一意象渲染了秋天的悲凉和自己内心的凄凉。

这首词的下片抒写离愁：

剪不断，理还乱，是离愁，别是一番滋味在心头。

本来，离愁是一种只可意会不可言传的感情，而且对于不同的人，离愁的伤害也各不相同。对于敏感的李煜来说，离愁的伤害更深更重，也更难消除。

但是，李煜是一位高明的词家，他将离愁比作“丝”。再乱的丝，再难理的丝，都可以剪、可以理。但是，自己的愁思却不能理，也不能剪。

由于李煜用具体可感的比喻，将摸不着、看不见的离愁写得真切、感人，十分贴切，“剪不断，理还乱，是离愁”三句成为千古传诵的名句。

最后一句“别是一番滋味在心头”道出了这位昔日南国国君，今日北地囚徒的极为复杂的心情。

昔日的自己，身为南唐国主，每天都是车马喧阗，正如他自己的《望江南》其一所写：

多少恨，昨夜梦魂中。还似旧时游上苑，车如流水马如龙，花月正春风。

昔日是“车如流水马如龙，花月正春风”，好不气派，好不热闹。今日却运交华盖，踽踽独行，凄寒孤寂。这种强烈对比的滋味不是人们常说的酸、甜、苦、辣、咸五味，而是一种难以言传又不可言传的滋味；是自己说不清、道不明的滋味；是自己能够说得清，但又不愿向他人倾诉的滋味；是自己明白，却无法让别人理解的滋味。是叹，是恨，是悔，这种深愁长恨让人感到它竟如此缠人，如此折磨人。

美辞玉屑

望江南（其二）

〔五代南唐〕李煜

多少泪，断脸复横颐。心事莫将和泪说，凤笙休向泪时吹，肠断更无疑。

清平乐

〔五代南唐〕李煜

别来春半，触目柔肠断。砌下落梅如雪乱，拂了一身还满。

雁来音信无凭，路遥归梦难成。离恨恰如春草，更行更远还生。

李煜的词以写景开篇者居多，这首词一反常态，开篇即大抒别情。因此，开篇第一句“别来春半”中的“别”字，成为李煜这首词的中心词，全词紧紧围绕着“别”字层层展开，逐层深入。“别”是分别、离别。但是，和谁分别，何时分别，为何分别，词人一概未写。不过，这并不影响我们对这首词的理解。

“春半”，可以有两种理解：一是指分别的时间在“春半”，二是指分别的时间已经有“半”“春”。“春半”之前加上“别来”，就不仅是“别”，而且有词人的惦念在里面了。“别来”是分别以来，算起来，已经有“半”“春”了。如此，“春半”为“半”“春”之理解比较好。

春景是词中四季写得最多的景，写春景者或喜春、赏春，或伤春、感春。李煜这首词是伤春，而且伤得非常重。何以见得呢？“触目柔肠断”一句可证。“触目”是目力所及之处，也即满眼春景，无一不让他伤感，可见伤得很深。为什么说伤得深呢？因为“柔肠断”。“柔肠”是难“断”的，原因在“柔”。天下刚者易折，“柔”者难断，如果“柔肠断”，则可知受伤之深、之重了。究竟什么事让他“柔肠断”呢？

只有一个原因的可能性最大，即南唐亡国前，李煜派李从善到汴京，宋太祖赵匡胤扣留了李从善，不让他回金陵，这让李煜非常伤感。李从善是谁呢？李从善是李煜的弟弟。

李璟共有十一个儿子，李煜原名李从嘉，排行第六，李从善排行第七，他们的三哥、四哥、五哥很早就夭折了，史书上连名字都没记下来，二哥于保大九年（951）秋天薨了。大哥李弘冀是太子。李璟原定是兄终弟及，即他下世后由其弟即位，这引发了长子李弘冀的严重不满。李弘冀设法毒死了他的叔叔，自己当上了太子。但是，天不佑人，李弘冀毒死自己的叔叔后，亦染疾身亡。这样，排行第六的李从嘉成了实际上的长子。

李弘冀毒死叔叔一事让李璟非常难过，因此在李弘冀病死之后，他不顾大臣的反对，立即册立李从嘉为太子，改名李煜。当时很多大臣都主张立李从善为太子，因为李从善果敢、老练。但是，李璟再不敢改变立嫡立长的规矩了。

李煜即位后，李从善多次承办外交工作，与哥哥的关系一直很好。因此，李从善被扣，李煜十分想念，又很担心。

接下来的“砌下落梅如雪乱，拂了一身还满”两句，写词人伫立园中的场景。“落梅如雪乱”，写落梅像雪片一样纷纷扬扬，从头到脚落了一身，自己“拂了一身”，仍然是全身“落梅”。“落梅如雪”既照应了“春半”，又写出了词人的伫立时间之久。此句最妙之词是“砌”，“砌”是铺砌，堆砌，“砌下”形容“如雪”的“落梅”仿佛堆砌而下，铺天盖地，写出了“落梅”之多。

“砌”另一解是台阶，“砌下”即台阶下。台阶下落得满是如雪的梅花。

这两句是怀人，是伤离，更是对生命的伤逝。“落梅”是梅花生命的终结。梅花绽放之日，是生命中最美的时候，但梅花生命的历程也快要走到尽头了。当“落梅如雪乱，拂了一身还满”之时，梅花走了。敏感的词人当然知道“落梅”在此时的含义，站在园中，任凭“落梅”飘飘而下，落满全身，它让词人更懂得了生命的含义。

下片承接开篇“别来”二字，从杳无音信的角度再叙离情：

雁来音信无凭，路遥归梦难成。

词人在这里写了两点：一是鸿雁无以传书，二是梦中难成归路。

鸿雁传书的典故出自苏武。

天汉元年（前100），苏武以中郎将的身份持汉节，携带众多财物出使匈奴，并送归当时被扣留在大汉的匈奴使者。

苏武这次出使本来是一场正常的外交活动，是汉朝答谢匈奴的善意之举。但是，苏武到达匈奴以后，却遭遇了一件意外的事情，这场意外改变了苏武的命运，也导致了后来苏武牧羊故事的发生。武帝死后，汉昭帝即位。几年以后，匈奴和汉朝的关系恢复了，汉朝向匈奴提出放还被扣的苏武，匈奴诡称苏武已死。

接着，发生了一件戏剧性事件。汉使再来匈奴时，当年陪同苏武一起出使的重要随从常惠，设法见到了汉使。他告诉汉使说：你告诉单于，我们大汉天子在上林苑打猎，打到一只大雁，大雁脚上系着帛书，说苏武在北海牧羊。第二天，汉使将这件事告诉了单于。单于一听，十分吃惊，他不知道汉使怎么知道苏武还活着，并在北海牧羊，便马上向汉使道歉，说苏武等人确实还活着。于是，苏武很快被放回国。这就是著名的鸿雁传书的故事。

词中“雁来音信无凭”，指李从善音讯全无之时，连鸿雁传书亦无可能。

“路遥归梦难成”，指自己企盼梦中相见，不料归途遥遥，“归梦”难成。这两句更深一层地写出了兄弟之间的相思之情。

词人期望梦中相见亦难以实现，心中的悲愁可以想见。细思之，“归梦”何干“路遥”？因为“路遥”，才托之于“归梦”，期待梦中相见。如今竟说“路遥归梦难成”，等于说“归梦难成”的原因是“路遥”，这是毫无道理的。但是，正因为无理，才显得此情至真至诚。

这就叫以无理之言，写至诚之情。

“离恨”难遣，萦于心间。结尾“离恨恰如春草，更行更远还生”再写离恨，但是，李煜的写法既有继承又有创新，实属工巧。这两句成为李煜词中千古传诵之名句。

它好在哪儿呢？

草，是自然界最常见的植物，它的生命力非常强大，“春草”更是具有强大的生命力。白居易的“野火烧不尽，春风吹又生”就极为准确地写出了春草旺盛的生命力。所以词中写“离恨恰如春草”，正是以蔓延滋生、绵绵不绝的春草作喻，突出了离恨的无边无际与难以消除。

这是其一。

其二，李煜化用了《楚辞·招隐士》中的名句：“王孙游兮不归，春草生兮萋萋。”白居易在《赋得古原草送别》中将其写成“又送王孙去，萋萋满别情”。李煜和白居易各自从《楚辞·招隐士》的原文出发，发挥个人的创造力，写出了各自所要表达的意思。

《楚辞·招隐士》的原意是，山中环境恶劣，春天早已来临，春草已经铺满大地，王孙还是早点归来吧。白居易的意思是，又要送别王孙了，铺满大地的春草就是我的送别之情。李煜的意思是，胸中的离情犹如遍地的春草，已经铺到了天边。白、李二人，写法不一，但都有其特点，都成了千古名句。

李煜词的特点是语浅情深，善用白描，在这首小令中再次表现了这一特点。虽然，词中用了苏武鸿雁传书、《楚辞·招隐士》的典故，但是，通篇明白如话，表达的感情却给人巨大的冲击力。

在明白如话的词中，用典抒情、直接抒情和以景抒情三种抒情方式巧妙地结合在一起，显示了词这种新兴文体，正在从乐工、伶人的手中转到士大夫的手中，这就是李璟、李煜父子二人的贡献。他们使伶工之词变成了士大夫之词，这是词体发展史上的一个伟大的转折。

美辞玉屑

招隐士

〔西汉〕淮南小山

桂树丛生兮山之幽，偃蹇连蜷兮枝相缭。山气巃嵸兮石嵯峨，溪谷崭岩兮水曾波。猿狖群啸兮虎豹嗥，攀援桂枝兮聊淹留。王孙游兮不归，春草生兮萋萋。岁暮兮不自聊，蟪蛄鸣兮啾啾。坱兮轧，山曲岪，心淹留兮恫慌忽。罔兮沕，憭兮栗，虎豹穴，丛薄深林兮人上慄。嵚岑碕礒兮，碅磳磈硊。树轮相纠兮，林木茷骫。青莎杂树兮，薠草靃靡。白鹿麏麚兮，或腾或倚。状貌崟崟兮峨峨，凄凄兮漇漇。猕猴兮熊罴，慕类兮以悲。攀援桂枝兮聊淹留，虎豹斗兮熊罴咆。禽兽骇兮亡其曹。王孙兮归来，山中兮不可以久留。

虞美人

〔五代南唐〕李煜

春花秋月何时了，往事知多少。小楼昨夜又东风，故国不堪回首月明中。

雕栏玉砌应犹在，只是朱颜改。问君能有几多愁，恰似一江春水向东流。

李煜作为帝王，他是亡国之君，曾因风花雪月的生活饱受后人非议；作为词人，他以自己纤弱的气质、细腻的笔触创作了大量的名作，赢得了盛名。因此，有人评价他是最有争议的帝王、最没争议的词人。而在他流传下来的词作中，最家喻户晓的就是《虞美人》了。

这首词分为上下两片。上片四句说：“春花秋月”的“多少往事”“何时”能忘得了？昨夜吹来的东风，让我在小楼上感受到春花的光临。我失去的国土啊，只存在于不堪回首的明月之中。

李煜是个传奇，史有大名，但他的大名并非来自安邦治国的才能，而是来自缠绵悱恻的词作与风花雪月的爱情故事。

李煜继位时，南唐的半壁江山已纳入中原，中原统一的趋势已非常明朗，统一的步伐一刻没停。李煜有心图治，无力回天。他越来越明白：终有一日，南唐会被强邻吞噬。他只能靠不断的巨额进贡获得暂时的苟安，抱着今朝有酒今朝醉的态度，趁着有限的机会，尽情享乐。

于是，李煜将所有的时间、精力都无节制地投入到享受生活中去。

春花秋月何时了，往事知多少。

“春花秋月”首先指的是眼前的美景，但同时更侧重失去的“春花秋月”。换句话说，首句的“春花秋月”与次句的“往事”实际上都是指李煜当年在南唐的美好生活。两句合起来，是说自己实在忘不了当年在南唐的日子：凤箫齐鸣，宫娥贯列，夜夜笙歌，彩袖群飞。无论是春花竞开还是秋月当空，李煜都在享受着向大宋巨额贡奉换来的短暂美好。

这样的日子怎么能让李后主忘怀呢?

李煜是一位亡国之君，不擅治国的帽子，肯定要戴在他头上。但他还是一位文艺范儿抢眼的文艺青年：书法、绘画、音乐，样样玩得溜。而且，李煜并非一人在玩，有人陪着他疯。谁呢？与大舜妻子重名的能歌善舞的大周后娥皇。周娥皇是父亲李璟为李煜定下的妻子，他们俩一见如故，琴瑟相合。

周娥皇不但国色天香，而且多才多艺。填词、作曲、演唱、伴奏，自己一个人就能组成一个乐队。她精通琵琶，精通到什么程度呢?一次，周娥皇为李璟祝寿，亲自弹奏琵琶，李璟听了以后佩服不已，把历史上最为著名的烧槽琵琶赐给了她。

唐代最负盛名的舞曲是《霓裳羽衣曲》，经过战乱，这首舞曲残缺了。大周后找到原本，补齐了残缺，让名曲再度流传下来。这让李煜惊叹不已。

这些令人眼花缭乱的浪漫故事，李煜怎能忘得了?

所以，“春花秋月何时了”是“春花秋月何时”能够忘得了?“往事知多少”是“多少往事”能够忘得了?

李煜写这首词时，已降宋三年了。三年的阶下囚，磨砺了李后主，按说，他应该习惯这种名为王侯实为囚徒的生活了，为什么故国之思在这首词中还会表现得如此强烈呢？是什么东西诱发了他强烈的怀旧思绪呢？

如果说前两句是写李煜“忘不了”故国，那么第三、四两句“小楼昨夜又东风，故国不堪回首月明中”则交代了他“忘不了”的原因。

自己独处的“小楼”，东风乍起，春天来了。“东风”就是春风。春风来了，春花开了，秋月也会如期而至。可是，“故国”在哪儿呢？“故国”只在“不堪回首”的“月明中”啊！

刻骨铭心的往事无法忘怀，可今天的境遇却苦不堪言，他能不呜咽流涕、动情伤怀吗？李煜的记性太好了！他不知道，人生在世，记忆是一把双刃剑：记住昔日的欢乐会增加今日的痛苦，忘记昔日的欢乐才能让自己解脱出来。阶下囚的身份决定了他只能选择忘记，但是，记住与忘记是那样可控而又不可控啊！

蜀国后主刘禅和李煜不一样。据《三国志·蜀书》记载，灭蜀后，刘禅投降。一次，司马昭让蜀国的歌伎演唱蜀国的歌曲，蜀国大臣哭得稀里哗啦的，刘后主却喜笑颜开。司马昭问他：你不想念蜀国吗？刘后主回答：我在这儿很快活，我不想念蜀国。这就是成语“乐不思蜀”的由来。看来，像刘后主这样没心没肺的人才适合当降王。

这首词的下片四句说：往日皇宫雕花的栏杆、玉石的台阶依然还在，可是物是人非，往日的宫女已经衰老。如果有人问我有多少愁苦啊，它就像春江的流水，滚滚东去，永无止息。

如果说这首词的上片写“忘不了”故国的风花雪月及引发他“忘

不了”的原因，那么下片则围绕“忘不了”三个字来写。

但是，李后主“忘不了”的是自己在南唐的宫殿：

雕栏玉砌应犹在，只是朱颜改。

李煜不仅惦记风花雪月的帝王生活，还有南唐的王宫！这是绝对犯禁的大事。你想重回故国吗？你想再过一把当南唐国主的瘾吗？而且你还写下了“问君能有几多愁，恰似一江春水向东流”的句子，明确表达了自己内心的强烈怨恨。

这等于公开宣布：我对现在生活状态的不满与愁怨，就像那滚滚的春水，滔滔汩汩，奔腾不息，永无休止。

以江水喻愁情是后世词人常见的写法：

秦观《江城子》：便做春江都是泪，流不尽，许多愁。

欧阳修《踏莎行》：离愁渐远渐无穷，迢迢不断如春水。

贺铸《木兰花》：漫将江水比闲愁，水尽江头愁不尽。

这三位都是宋代著名的词人，他们都熟读过李煜的《虞美人》，但是，他们以江水喻愁怀时都写不过李煜。

为什么呢？“国家不幸诗家幸”，李煜悲惨的人生经历给予了他更深的愁情。“问君能有几多愁，恰似一江春水向东流”至今仍占据着李后主名句总冠军的位置。

全词围绕“忘不了”三字来写，第一、二句写“忘不了”故国的风花雪月，第三、四句交代了“忘不了”的原因，第五、六句写“忘不了”故国的宫殿，结尾二句写因“忘不了”而产生的巨大怨情。

李煜心中可以“忘不了”，现实却不允许他写出“忘不了”。

宋太祖当年封李煜为“违命侯”，显然是不想杀他。虽然“违命侯”不是一个光彩的称号，是对他不主动入朝、劳烦王师讨伐的一个惩罚性称呼，但宋太祖未动杀机。

宋太祖对李煜的宽容，并不能让李后主像刘后主那样没心没肺地忘掉怨恨。

宋人笔记说，李煜在给江南旧日宫女的书信中说：“此中日夕，只以眼泪洗面。”（〔宋〕王铚《默记》卷下）

陆游的《避暑漫钞》说，李煜被俘以后，住在汴京，郁郁寡欢，写作并且演奏了这首《虞美人》。宋太宗听说后，勃然大怒，遂在太平兴国三年（978）七月七日（一说七月八日）李煜生日那一天，赐酒一壶。李煜喝后，中毒身亡。

正史记载李煜是病死的，宋人笔记却说李煜是被宋太宗赵光义用“牵机药”毒死的。

李煜不甘屈辱，念念不忘故国，大胆地抒发满腹的怨恨，他只能被杀，死时四十二岁。

李煜用死表达了亡国的怨愤,用死捍卫了自己表达怨愤的自由。

如果真是这样，李煜的这首《虞美人》就成了他的绝笔之作！

美辞玉屑

江城子

〔宋〕秦观

西城杨柳弄春柔，动离忧，泪难收。犹记多情曾为系归舟。碧野朱桥当日事，人不见，水空流。

韶华不为少年留。恨悠悠，几时休？飞絮落花时候一登楼。便做春江都是泪，流不尽，许多愁。

木兰花

〔宋〕贺铸

朝来著眼沙头认，五两竿摇风色顺。佳期学取弄潮儿，人纵无情潮有信。

纷纷花雨红成阵，冷酒青梅寒食近。漫将江水比闲愁，水尽江头愁不尽。

点绛唇·题草

〔宋〕林逋

金谷年年，乱生春色谁为主？余花落处，满地和烟雨。

又是离歌，一阕长亭暮。王孙去。萋萋无数，南北东西路。

林逋最有名的称号是“梅妻鹤子”，最有名的诗句是“疏影横斜水清浅，暗香浮动月黄昏”。自从这两句诗横空出世之后，“暗香”就成了梅花的专称。一种花因为两句诗而得名，极为罕见。

林逋的词佚失极多，传到今天只有三首了，其中一首即为《点绛唇》。

这首词的题目是《题草》，那么，这首词是不是咏“草”的咏物词呢？我们看完全词后，再来讨论这一问题。

开篇的“金谷年年”四个字，写出了中国历史上大名鼎鼎的一座私家园林——金谷园。

“金谷园”的主人是西晋大富豪石崇。石崇在荆州刺史任上，既为官又为匪，因劫杀过往客商而暴富。暴富后的石崇在洛阳邙山、谷水边上修建了金谷园。园林依地势而建，楼台亭阁，池水碧波，修竹茂盛，百花争艳，“洛阳八景”之一的“金谷春晴”，指的就是这里的春天美景。

这首小令上片开篇就说：“金谷年年，乱生春色谁为主？”

意思是说：金谷园年年都是满园春色，可是，今天的金谷园已是乱草丛生，谁是它的主人呢？

这等于说，当年繁华的金谷园，到了宋代初年，已经是一片荒芜，当年的繁华随着时间的推移，早已风光不再。那么，当年著名的私家园林金谷园到底是怎样荒废的呢？

据《世说新语》等文献记载，石崇太奢侈了。金谷园中的厕所里都安排了十几位婢女，穿着名贵华丽的衣服，戴着香囊。一次，石崇大会宾客，侍中刘实上厕所，看见厕所里有绛色的蚊帐，还有漂亮的婢女捧着香袋在旁侍候，吓得赶快跑出来，以为自己误入了石崇的卧室。

最终，一件小事，让金谷园败落了。

此事缘自一位叫绿珠的歌女。

石崇的金谷园美女如云，但他却专宠一位叫绿珠的歌女，此女是石崇在南方为官时所得。石崇在金谷园为她专修了一座华丽的小楼，取名“绿珠楼”。

后来，石崇的政治靠山贾皇后被废，石崇被免官。石崇的政敌赵王司马伦掌握了政权，司马伦的亲信孙秀早就仰慕绿珠了，趁着石崇政治上的失势，公开到金谷园强夺绿珠。石崇让金谷园中的美女全部精心打扮，任由孙秀挑选，拒不让绿珠出面。孙秀知道后，在赵王司马伦的支持下，以皇帝的名义，派兵围住金谷园，绿珠最终坠楼自杀，以示不从。孙秀恼羞成怒，诬告石崇谋反，杀死了石崇全家。朝廷没收了石崇的全部家产，金谷园从此荒废。

金谷园的大名仅仅是因为它是一座著名的私家园林吗？

不全是。

金谷园之所以如此有名，缘于石崇曾经写过一篇名文《金谷诗序》，这篇轰动一时的《金谷诗序》，保存在《世说新语·品藻》中。

据石崇《金谷诗序》介绍，金谷园“有清泉茂林”，是一所名贵的山中别墅。一次，石崇在金谷园举行盛宴，邀请了苏绍、潘岳等三十位名士，饮酒作诗，宴别当时要返回京城长安的“征西大将军祭酒王诩”。这场告别宴，昼夜不息。人们“或登高临下，或列坐水滨”，“琴瑟笙筑”等各种乐器，放到车上，一边行走一边演奏。参加宴别的人，每人都要赋诗叙怀，如果不能写诗，要“罚酒三斗”。这场盛宴成了中国历史上的文人佳话。后来，石崇将这次宴会的诗编为一集，并撰写了《金谷诗序》一文。

五十年后的永和九年（353），王羲之在绍兴召集了四十二位文人雅士，曲水流觞，畅叙幽情，留下了著名的《兰亭集序》。

南兰亭，北金谷，成为中国历史上著名的园林代表。只是，兰亭的雅集令人羡慕，金谷的教训令人唏嘘。

以上我们介绍了金谷园的前世，我们再读这首词，看看上片描写的金谷园的今生：

金谷年年，乱生春色谁为主？余花落处，满地和烟雨。

当年的金谷园，那么繁华。这里举行的文人雅集，令时人和后人无限向往，成为历史上的佳话；记述这次活动的《金谷诗序》也成为文化史上的名作。可是，今天的金谷园，年年春色依旧，当年的名园却已经乱草丛生，今天的主人是谁，已经无人可知。园中枝头的残花，伴着如烟似雾的细雨，落了一地。

这首词的下片：

又是离歌，一阕长亭暮。王孙去。萋萋无数，南北东西路。

暮色苍茫的时刻，再次听到了送别的“离歌”。“又是离歌”

四字，让人明白，不想听而又不能不听，真是伤心事连着伤心事，命苦人挨着命苦人。“一阕长亭”送别的离别曲，再次刺穿了词人的心。长亭边上，日暮时分，踏上征途，只能说明是非走不可了。如果痛痛快快地走，当然应当及早出发，拖延到暮色上来才出发，虽然为离愁延搁了一天，最终还是不得不走。送行者的离情像无边无际、无处不在的春草一样，“南北东西路”上都布满了，无处可逃，但是，客行者仍然义无反顾地踏上了征程。

我们前面在分享李煜的《清平乐》（别来春半）时，曾经谈到李煜这首词的下片末尾两句“离恨恰如春草，更行更远还生”化用了《楚辞·招隐士》的名句：“王孙游兮不归，春草生兮萋萋。”

林逋的这首词也化用了《楚辞·招隐士》的意思，所谓“王孙去。萋萋无数，南北东西路”，意思是，黄昏时分，又到了离别之时，送者与行者在这里话别。南北东西路的芳草，犹如送行者满满的别情。这首词特意点出南北东西路，说明别情深广。

我们在开篇时曾提出过一个问题：这首词的题目是《题草》，这首词是不是咏“草”的词呢？有人认为这是一首咏物（草）词，单单从题目上看，这没有错。但是，通读全篇再来想一想，它是咏草词吗？

从上片看，写的是金谷园的今生，今昔对比表达了词人的无限感慨。

从下片看，暮色中的离歌再次响起，长亭送别的场景再次出现。远行的人踏上了征途，四面的路上都铺满了青草。

这是咏草吗？

我看不是。

草，在这首词中出现了两次。上片，“乱生春色”的是杂乱的春草；下片，四面八方路上长满的也是春草。但是，无论上片还是下片，草，都不是词人歌咏的主角。上片让人感伤的是生命无常，下片让人感伤的是别离之苦。上片写的是送别的心境、环境，下片表达了这首词的主旨是别情、离情。

美辞玉屑

金谷诗序

〔西晋〕石崇

余以元康六年，从太仆卿出为使，持节监青、徐诸军事、征虏将军。有别庐在河南县界金谷涧中，或高或下，有清泉茂林，众果竹柏、药草之属，莫不毕备。又有水碓、鱼池、土窟，其为娱目欢心之物备矣。时征西大将军祭酒王诩当还长安，余与众宾贤共送往涧中，昼夜游宴，屡迁其坐。或登高临下，或列坐水滨。时琴瑟笙筑，合载车中，道路并作。及住，令与鼓吹递奏。遂各赋诗，以叙中怀。或不能者，罚酒三斗。感性命之不永，惧凋落之无期。故具列时人官号、姓名、年纪，又写诗著后。后之好事者，其览之哉！凡三十人，吴王师、议郎、关中侯、始平武功苏绍字世嗣，年五十，为首。

王右军得人以《兰亭集序》方《金谷诗序》，又以己敌石崇，甚有欣色。

——〔南朝宋〕刘义庆《世说新语 · 企羡》

鹤冲天

〔宋〕柳永

黄金榜上，偶失龙头望。明代暂遗贤，如何向？未遂风云便，争不恣狂荡？何须论得丧。才子词人，自是白衣卿相。

烟花巷陌，依约丹青屏障。幸有意中人，堪寻访。且恁偎红倚翠，风流事、平生畅。青春都一饷。忍把浮名，换了浅斟低唱！

柳永（约987—约1053），原名三变，后改名永，字耆卿，排行第七，又称“柳七”，宋仁宗朝官至屯田员外郎，世称“柳屯田”。

柳永是宋词的一个传奇，而且是一个不可复制的传奇。他的一生，为歌妓大量填词，并因此成为北宋婉约词派代表作家。尽管后世对他的评价有褒有贬，但是，这一切都不能动摇他在词史上的地位，因为他对宋词的发展的确产生过重大影响。

柳永的词在当时流传极广，“凡有井水饮处，皆能歌柳词”。可以说，他是那个时代最负盛名的流行歌曲音乐人。

柳永的家庭虽非世传儒业，祖父也没有功名，但是，他的父亲，叔叔，两位哥哥柳三接、柳三复，儿子，侄子都是进士，可见，柳永的家族很重视儒学、重视科考。这样的家庭，对柳永本人影响巨大，压力亦大。更重要的是当时的宋代社会对科考的追求与重视的风气极浓，这对读书人形成了巨大的压力。柳永的人生也是从科考开始的，但是，这条路他走得并不顺。

柳永人生命运的转折点，体现在这首《鹤冲天》（黄金榜上）中。

上片九句，讲科考落榜和落榜后的人生选择，大体分为三层。

我们先看第一层，讲科考落榜。柳永怎么写的呢？

黄金榜上，偶失龙头望。

什么叫“黄金榜”？科举考试录取进士的金字题名榜叫黄金榜，

殿试第一名的状元叫“龙头”。这次科考的失败，在柳永看来，只是“偶失”。什么叫“偶失”？偶然失误。“偶失”并不是水平不行，这显示了柳永的自信与自嘲。其实，这是柳永的故作轻松，他的内心一点儿都不轻松。从父辈到兄长都由进士而入仕途，自己岂能做一白丁？

柳永嘴上说这次失利是“偶失”，心里并不认同。怎么证明他不认同？因为他写作了《鹤冲天》（黄金榜上）这首词。

这首词一问世，立即广泛流传，宋仁宗也在第一时间听到了这首词，请大家注意，我说的是“听到了”。在一个没有互联网，没有广播、电视，没有报纸、杂志，仅仅依靠口耳相传的时代，柳永写的这首词迅速传遍了朝野：他依仗自己的词完胜了世界。不过，宋仁宗却对这首词大大不满。

科考的失利对年轻的柳永打击极大，这注定成为他人生的转折点。科考失利之后的人生之路怎么走呢？

第二层，谈落榜后的打算。

明代暂遗贤，如何向？未遂风云便，争不恣狂荡？何须论得丧。

柳永开口就说：“明代暂遗贤，如何向？”清明盛世，暂时遗忘了我这位贤才，我该怎么办？

柳永的这种说法，是对朝廷的讽刺。仁宗朝是宋代的盛世，盛世应当“野无遗贤”，结果却是“明代暂遗贤”。

“未遂风云便，争不恣狂荡？何须论得丧”这三句，柳永给自己的人生设定了一个目标。

既然得不到际会风云的人生机遇，为什么不放纵一下自己，随心所欲地活一把，何必再计较人生的得失呢？人生不得意处常常十之八九，得意处往往十之一二。一般人是忘掉了一二，记住了八九，所以陷于苦恼中。柳永力图将不得意的八九变成得意的一二，但是，关键是怎么将不得意的八九变成得意的一二呢？无拘无束地过一种为一般士人所不齿的流连坊曲的狂荡生活便是他的选择，这就叫“争不恣狂荡”。

这种选择，是对皇权的嘲弄，对科举的轻慢，对圣主的揶揄，对卿相的蔑视。

这样的选择对吗？

第三层，表明对自己人生选择的肯定。

才子词人，自是白衣卿相。

“白衣”是布衣、平民，“卿相”是高官、贵人，二者是矛盾对立的，但是，柳永却要把他们统一起来，以“才子词人”的身份，当一个“白衣卿相”。

下片九句，具体描写了他的落榜生活和对这种生活的态度。

我们先看下片的第一层：

烟花巷陌，依约丹青屏障。幸有意中人，堪寻访。

这四句概写青楼生活。柳永落第后，把歌妓的秦楼楚馆作为经常光顾之处，寄情于声色，醉卧于烟花。这里彩绘的屏风让人感到温暖，不以自己落第为羞的歌妓成为可以真心交谈的知己。青楼虽然为社会所不堪，但青楼人的真诚让柳永在灯红酒绿中得到了很大的宽慰，让柳永受伤的心得到了暂时的休憩。

第二层写自己的快意人生：

且恁偎红倚翠，风流事、平生畅。

如此左拥右抱，让柳永感到畅快。这一层露骨的描写，让我们看到了柳词的另一面。这种生活在宋代文人中比较普遍，我们熟悉的欧阳修、苏轼、晏殊都曾流连于此，但是，他们写得不多，写得含蓄，甚至干脆不写，避开了清流的口诛笔伐。柳永写得多，又写得坦荡，于是成为被讨伐的对象。

第三层写自己快意人生的理由：

青春都一饷。忍把浮名，换了浅斟低唱！

人生短暂，青春更加短暂，因此，柳永才高唱“青春都一饷”。唐人的“劝君莫惜金缕衣，劝君须惜少年时。有花堪折直须折，莫待无花空折枝”是对柳词这几句的最好注脚。但是，我们也要看到，柳永高唱“忍把浮名，换了浅斟低唱”时，那个“忍”字，饱含了多少辛酸和无奈。

柳永不是不追求功名，而是追求而得不到，终其一生，柳永都没有放弃对科举功名的进取，就连不惜改名“三变”为“永”，还是为了科考。事实上，在当时的社会环境中，多数士子在追求功名的征途上，皓首穷经，锲而不舍。当然，此中不乏最终的成功者，但也不乏最终的失败者。

我们可以看一下宋初的进士录取。

宋太祖在位十六年，举行了十五次科举考试，总共录取一百八十八名进士，平均每榜录取十三人。宋太宗即位后举行的第一次科考，进士科录取一百零九人，其他各科录取二百零七人，正常的录取已有三百一十六人，和太祖朝十三人相比，录取人数激增。同时，宋太宗又让礼部翻阅考生档案（贡籍），找出太祖朝完整参加十五次科考的考生。十五次，意味着从宋代建国伊始就投入科场，整个太祖朝一直在这条道路上拼搏，却始终没有及第，这批人共一百八十四人，一并录取（赐出身）。这样，这次科考创纪录地录取了五百人。

看完这个数据就会明白，虽然大多数士子在这条道上奋斗，但如果不是碰到宋太宗出于种种原因大力扩招的机遇，太祖一朝考了十五次的一百八十四名考生，很难有翻盘的机会。到了仁宗朝，扩招的种种原因不存在了，连考十五次最终也无法走上去的士子，只有落魄人间了。

柳永不甘心失败，不愿意服输，他对自己的落榜充满怨愤，他要以放浪形骸对抗不公正，他要以自己的方式反击不公正。这件事的本质是柳永以自己的俗文学对抗整个社会的雅文学。

力量悬殊啊！

柳永写的这首《鹤冲天》（黄金榜上）传到宋仁宗的耳中后，仁宗说："此人风前月下，浅斟低唱，岂可令仕宦？且去填词。"意思是：这个人只会风前月下浅斟低唱，怎么能做官呢？填词去吧。这下子，柳永想通过科考踏入仕途的梦彻底破灭了，他从此自称"奉旨填词柳三变"。

柳永记住了这个教训，把自己的名由"三变"改为"永"。宋仁宗景祐（1034—1038）初年，一位名为"柳永"的考生中了进士，做了屯田员外郎。但这已经是多年以后的事了。

柳永的这首词大胆直白，不用典故，入嘴即化，甚至用了当时的口语入词，“如何向”“争不”“且恁”都是地地道道的口语。

当柳永被科考拒之于大门之外时，他大胆地摒弃了仕途，一头扎进市井，全身心地创作新兴文体——词。因此，他成为宋词的第一位大家，成为宋词发展史上最重要的作家之一，对宋词发展为一种最具艺术美的文体贡献不菲。

一个天才，因为一场考试改变了命运，真不知道这是柳永的幸运还是不幸。以一人之俗，对抗一个社会之雅，真不知是喜是悲。

美辞玉屑

柳三变字景庄，一名永，字耆卿。喜作小词，然薄于操行。当时有荐其才者，上曰：“得非填词柳三变乎？”曰：“然。”上曰：“且去填词。”由是不得志，日与儇子纵游倡馆酒楼间，无复检率，自称云，奉圣旨填词柳三变。

——〔宋〕阮阅《诗话总龟后集》卷三十二

望海潮

〔宋〕柳永

东南形胜，三吴都会，钱塘自古繁华。烟柳画桥，风帘翠幕，参差十万人家。云树绕堤沙。怒涛卷霜雪，天堑无涯。市列珠玑，户盈罗绮，竞豪奢。

重湖叠巘清嘉，有三秋桂子，十里荷花。羌管弄晴，菱歌泛夜，嬉嬉钓叟莲娃。千骑拥高牙。乘醉听箫鼓，吟赏烟霞。异日图将好景，归去凤池夸。

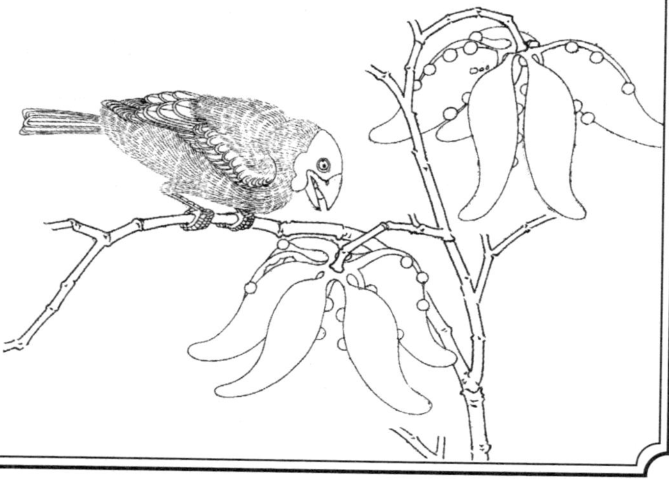

《望海潮》（东南形胜）是柳永最负盛名的作品之一，它在柳永的作品中一直占据着经典的位置。

这首词是赞美杭州的名作。词人开篇就用“东南形胜，三吴都会，钱塘自古繁华”三句，以开阔的视野，从大局着眼，盛赞杭州。

“东南形胜”一句，赞美杭州是大宋王朝东南方山川最美的地方。“三吴都会”，赞美杭州是三吴（吴兴、吴郡、会稽）之地的中心城市。“钱塘自古繁华”，称赞杭州自古以来就是繁华之地。这三句既互相关联，又不可彼此替代，各有各的侧重。第一句侧重山川之美，第二句侧重地理位置的重要和优越，第三句侧重历史，又面向未来。

这种写法的最大好处，是以宏大的视角，从审美、政治、经济、交通、历史等角度，为杭州定了调。将杭州置于历史、地理、审美、经济等多重坐标上，给了杭州一个崇高的历史定位。

从“烟柳画桥，风帘翠幕，参差十万人家”开始，转入对杭州的具体描述。

生烟惹雾的柳树，如画如绣的小桥，微风轻拂的窗帘，翠色欲滴的帐幕，高高低低、错落有致的房子，这里是住着十万户人家的大都市。前两句“烟柳画桥，风帘翠幕”，写的是杭州的美景，特别点出了柳树、画桥、风帘、翠幕，整个杭州的美景通过这四种意象呈现在读者眼前。最后，一笔点明，这是一座住着十万户人家的大都市。

写完杭州，词人的视野转到了钱塘江。“云树绕堤沙。怒涛卷霜雪，天堑无涯”三句，具体描绘了江边入云的大树环绕堤坝，钱江的巨浪，一浪接着一浪冲向堤坝，巨浪冲撞堤坝形成的浪花，犹如一堆堆白雪冲向天空，蔚为壮观。一条钱塘江如同一道天堑，一望无际，横亘三吴大地。钱塘江的雄伟、宽广、险要，一一呈现，深化了人们对杭州是“东南形胜”之地的理解。

“市列珠玑，户盈罗绮，竞豪奢”是说市场上到处是买卖珠宝的店铺，家家户户放满了锦绣罗绮，竞相比谁家更豪奢。

这两句作为上片的结句，以珠宝众多和服装奢华作为重点，写尽了杭州市场的繁荣、居民的富有和竞相炫富的心态。读后，让人深感这座城市真是一座人间天堂、世间福地。“珠玑”珍贵，但是杭州的市场上到处都有珠宝店；“罗绮”名贵，但是杭州的居民家家户户都放满了锦绣罗绮。

这首经典之作的下片前六句，“重湖叠巘清嘉，有三秋桂子，十里荷花。羌管弄晴，菱歌泛夜，嬉嬉钓叟莲娃”，写杭州的美丽、富庶和百姓的安居乐业。

“重湖”，指杭州的里湖、外湖。“叠巘”，指杭州周边重重叠叠的山峦。杭州之美在西湖，西湖之美在里湖、外湖和周围重峦叠嶂的山。柳永慧眼独具，抓住西湖最美的湖和山，用“清嘉”二字形容，虽然概括性有余，形象性不足，但是清秀、嘉丽已经足以让我们感受到杭州湖、山之特点了。

东南形胜三吴都会钱塘自古
繁华烟柳画桥风帘翠幕参
差十万人家柳永望海潮词
意丁亥春宽衡画于洛阳

“有三秋桂子，十里荷花。”这两句再写西湖美景。“三秋”，或曰初秋、仲秋、季秋，或曰秋日之长，其实，二者的解释是一致的，都是写杭州的桂花飘香持续达一个秋天。湖面上荷花遍开，入眼皆是。“三秋桂子”写山，“十里荷花”写水；“三秋”从时间上写，“十里”从空间上写；“桂子”从嗅觉上写，“荷花”从视觉上写。

宋人罗大经《鹤林玉露》丙编卷一说：“此词流播，金主亮闻歌，欣然有慕于‘三秋桂子，十里荷花’，遂起投鞭渡江之志。”

这个故事靠谱吗？

靠谱，又不靠谱。

靠谱的是，这一故事有其可信的一面，即游牧民族对中原农耕文明的艳羡，特别是地处北方苦寒之地的游牧民族，对江南鱼米之乡的杭州十分向往，在一定程度上导致了这场民族战争。不靠谱的是，完颜亮不至于仅仅因为羡慕西湖的美景而兴兵伐宋，金兵伐宋，有其更重要的政治、经济因素。

“羌管弄晴，菱歌泛夜，嬉嬉钓叟莲娃。”这三句写杭州百姓的安乐生活。晴朗的白天，悠扬的羌管，声声入耳。采菱的夜晚，悦耳的菱歌，首首飘扬。钓鱼的老人，采莲的女娃，个个高兴。一个“泛”字，说明“羌管弄晴，菱歌泛夜”均在船上。

下片“千骑拥高牙。乘醉听箫鼓，吟赏烟霞。异日图将好景，归去凤池夸”五句，点明这首词为何人所写。

“千骑”是随从众多，“高牙”是高高的牙旗，这是地方高官的标配，在这首词中，指的是时任两浙转运使的孙何。“千骑拥高牙，乘醉听箫鼓，吟赏烟霞”写黄昏时分，孙何前呼后拥，借着醉意吟诗作赋、听歌观舞，游兴不减。若能将这官民同乐的场景画成一幅美图，将来入京为官时，再让中书省的官员们欣赏一番，岂非乐事？

这番话是应酬之语。孙何驻节杭州，有朝一日，荣升入京，难忘西湖之美，只好绘图自带，向京城的同僚们夸耀一番。

据《古今词话》记载，孙何为两浙转运使驻节杭州时，因为其与柳永家有交情，所以柳永游钱塘时便想去拜访孙何。但是，孙何应酬太多，来访者一律谢绝。柳永数次登门，都不得入见，于是他写了《望海潮》（东南形胜）一词，找到杭州头牌歌女楚楚，让其趁孙何中秋举行家宴请歌女入府表演时动情演唱，并再三嘱托，如果孙大人问起作者，就说是柳七。中秋那天，楚楚应邀献歌，孙何大为感动，询问楚楚，楚楚回复，作者是“奉旨填词的柳七”。孙何大为惊讶，立马派人去请柳永，柳永这才得以见到孙何。

这个故事靠谱吗？

宋词专家唐圭璋先生《柳永事迹新证》认为，孙何与宋初诗人王禹偁私交甚笃，王禹偁和柳永之父为至交。因此，孙何和柳永是忘年交，柳永创作《望海潮》（东南形胜）赠孙何一事，正发生在孙何在两浙转运使任上。

因此，赠孙何《望海潮》（东南形胜）是真的，至于通过歌女楚楚一事恐非实有其事。

柳永的《望海潮》（东南形胜）是柳永自创的慢词，慢词比小令的篇幅大得多，这种形式对宋词的发展贡献极大。我们讲柳永是宋词第一人，其重要贡献之一就是创作了大量慢词。

美辞玉屑

柳耆卿与孙相何为布衣交。孙知杭州，门禁甚来，耆卿欲见之不得，作《望海潮》词，往谒名妓楚楚曰："欲见孙相，恨无门路。若因府会，愿借朱唇歌于孙相公之前。若问谁为此词，但说柳七。"中秋府会，楚楚宛转歌之，孙即日迎耆卿预坐。

——〔宋〕杨湜《古今词话》

少年游

〔宋〕柳永

长安古道马迟迟，高柳乱蝉嘶。
夕阳鸟外，秋风原上，目断四天垂。
归云一去无踪迹，何处是前期？
狎兴生疏，酒徒萧索，不似少年时。

这首词记述了富有才情、抱负的柳永，从信心满满到处处失意的心路历程，深刻地揭示了生命变化的过程。

全词上片写景，下片抒情。

首句“长安古道马迟迟”七个字，是纪实，也是写景，更是寓意。“长安”是汉唐旧都，作为帝都，它一直都是入仕者的向往之地。“古道”一词，内涵很深。它是古往今来，无数读书人走向京城、走向人生目标的必经之路。但是，写作这首词时的柳永，似乎已经失去了青年时期求取功名的急切心情。“马迟迟”三个字，表明在这条自古以来极受读书人关注的大道上，柳永走得非常迟缓。“迟”，已是不积极，再加一个“迟”，表明了柳永对这条路及这条路所能达到的目标，已经不那么上心了。

这说明什么?

说明这首词应当是柳永晚年所写。晚年的柳永，对科考功名的认识与青年时期发生了根本性的变化，他追求功名的意愿大大降低了。

“高柳乱蝉嘶”一句，通过听觉，写出词人此时的心绪，同时也验证了我们上一句对柳永彼时心情的剖析。蝉鸣，是自夏到秋最常见的意象。但是，在柳永的这首词里，蝉鸣似乎不大招人喜欢，高高柳树上的蝉鸣，听起来乱哄哄的，简直像“嘶”叫。其实，蝉鸣本来无所谓“乱”，无所谓“嘶”，只是由于听者的心情不同，听后的感觉不同罢了。

上片后三句“夕阳鸟外，秋风原上，目断四天垂”，通过视觉，写长安古道上徐徐下落的残阳，写在飞鸟之外更远的地方，霜风弥漫的乐游原上，词人极目四望，一片空空荡荡，夜幕正落了下来。

在前往长安的古道上，词人听到的是乱蝉嘶鸣，看到的是夕阳、飞鸟、秋风、荒原，没有任何让人兴奋的景物，没有任何让人振奋的声音。这，还是当年落榜时高唱“才子词人，自是白衣卿相”的柳永吗？显然不是。

下片抒情，开篇即说：“归云一去无踪迹，何处是前期？”

这片片归云，也要随着夕阳归去了，而且将一去不返，杳无踪迹。这片片归云，恰如自己人生中的红颜知己，一去即杳无踪迹。以前的期许又在哪里呢？

“归云”是浮云，在词人看来，自己一生中的“意中人”甚多，到头来，一如这片片归云。“何处是前期”一句中的“前期”，应当是以前的期许。

柳永这里的期许是什么呢？我想，应当包括两个方面：一是他人对自己的期许，二是自己对自己的期许。

我们先看他人对自己的期许。首先应当是秦楼楚馆意中人对自己的期许。联系上句“归云一去无踪迹”来看，显然，这种期许如同归云一样，早已片片飞去，完全指望不上，令人非常失望。冶游生活只是科场失意的一种填充剂，一旦科场长期失意，这种填充剂就会失效。

再看自己对自己的期许。

柳永的前期是“少年时”。当时，年轻的柳永急欲科考成功，科考失败后仍然以“白衣卿相”自居，以“幸有意中人，堪寻访”而满足。但是，柳永的终极人生目标仍然是仕途功名，不是值得寻访的“意中人”。“白衣卿相”只不过是落榜后的愤激之语。

但是，他改名“三变”为“永”，有了功名后，仍然只能担任一些低级职务，没有一展抱负的机会，这种状况让柳永感到厌倦。因此，自己对自己的期许也落空了，也令人失望。

“归云一去无踪迹，何处是前期”同时包含了对两种期许的失望。

下片结尾的“狎兴生疏，酒徒萧索，不似少年时”这三句，是对晚年期许失望的一种补写。“狎兴”，指灯红酒绿、秦楼楚馆、偎红倚翠之兴。当年的柳永，即使金榜“偶失”，依然高度自信，可是如今却是“狎兴生疏”，对这种生活失去了兴趣。

不仅如此，年轻时，灯红酒绿的生活中哪里曾一日无酒，一顿无酒？到如今，早已是“酒徒萧索”，一起饮酒的伴侣，也一个个地远离了。

为什么会这样呢？一句“不似少年时”道出了原委。

“少年时”，他曾意气风发，曾流连于“烟花巷陌”，曾沉醉于“风流事、平生畅”，曾高声呐喊着“青春都一饷”。

此时的柳永，早没了当年自诩“白衣卿相”时的锐气，没有了“少年时”的狂傲，剩下的只是岁月留下的痕迹——不只是脸上的痕迹，在词人的心上，也留下了岁月的斑斑刀痕。

从字面上看，这首词的下片，表达的是柳永对秦楼楚馆生活的厌倦。

如果我们考虑到本词首句“长安古道马迟迟”抒发了柳永对仕宦生活的厌倦，那么这里的厌倦就不仅是对秦楼楚馆生活的厌倦，而且也是对仕宦生活的厌倦。

因此，这首词书写的是柳永对仕途功名和秦楼楚馆生活的双重厌倦，年龄因素和时代因素导致了他对这两方面的追求都失望了。

人生的不同阶段，追求是会变化的。柳永在最渴求功名的人生阶段，没有得到梦寐以求的功名，转而追求秦楼楚馆的声色。但是，到了一定阶段，他又否定了自己过去作为生活填充剂的歌酒流连的人生。晚年柳永虽然得到了仕途功名，却又不能一展抱负，只能屈居低位，因此对于仕途的汲汲也同样让他感到厌倦了。

这首《少年游》（长安古道马迟迟），是柳永词作中少有的剖析自己心路历程的作品。它让我们看到了一个生命从绽放到凋零的过程。

美辞玉屑

柳永字耆卿，为举子时多游狭邪，善为歌辞，教坊乐工每得新腔，必求永为辞，始行于世，于是声传一时。……永亦善为他辞，而偶先以是得名，始悔为己累。……而终不能救，择术不可不慎。

——〔宋〕叶梦得《避暑录话》卷下

渔家傲·秋思

〔宋〕范仲淹

塞下秋来风景异，衡阳雁去无留意。四面边声连角起。千嶂里，长烟落日孤城闭。

浊酒一杯家万里，燕然未勒归无计。羌管悠悠霜满地。人不寐，将军白发征夫泪。

这是一首边塞词，而且是宋词中第一首边塞词。

范仲淹的《岳阳楼记》广为人知，特别是其中的“不以物喜，不以己悲”“先天下之忧而忧，后天下之乐而乐”至今仍是知名度最高的人生格言之一。其实，很少有人知道范仲淹还是一位著名词作家。据宋人笔记《东轩笔录》记载，范仲淹在西北边地任职时，每天都写几首词，而且每首都以“塞下秋来风景异”作为首句。但是他的词传到今天的只有五首，以“塞下秋来风景异”为首句的仅此一首。虽然流传至今的词作数量不多，但首首质量都很高。

这首词中《渔家傲》是词牌名，《秋思》是词题。宋人作词时，常常在词牌后加个题目。词体初起之时，词牌和词题往往一致，后来二者渐次分离。词的内容和词调逐渐脱离，仅有词牌，不能够表明一首词的内容，这才产生了词题。

这首词分为上下两片。

上片前两句“塞下秋来风景异，衡阳雁去无留意”，写边塞艰苦的生存环境。“塞下”泛指边地。虽然范仲淹驻守的是西北边地，但用了“塞下”一词，指的就是整个边地了。

首句中最关键的一字是“异”。“异”是什么？就是不同，边地与内地“风景”截然不同。“风景”在这里主要指环境。范仲淹是苏州人，写作这首词时他在陕北的延州（今陕西延安）任职。

如果我们相信宋人笔记所记，那么范仲淹为什么每天写词都以“塞下秋来风景异”为首句呢？应当是边地环境和内地环境相比，差别太大了，对他影响至深。

词人并未用直白的语言回答“异”在哪里，而是给了一诗性的回答：“衡阳雁去无留意。”“衡阳雁去”实际是“雁去衡阳”。衡阳是北方大雁南飞过冬的主要栖息地之一，至今在衡阳还有“回雁峰”等名胜。“初唐四杰”之一的王勃，在他的名作《滕王阁序》中写下了“雁阵惊寒，声断衡阳之浦”的佳句。边地生存环境的艰苦，词人只写了“衡阳雁去无留意”一句即完全表达出来了。大雁什么时候南归？秋季，特别是深秋。眼下的秋风、秋景已透露出一派肃杀之气，群雁毫不犹豫地踏上南归的征程，远离边地。边地的苦寒艰难可想而知。

四面边声连角起。千嶂里，长烟落日孤城闭。

这几句进一步写深秋边地的艰苦环境。马鸣声，羌管、胡笳等胡地独有的器乐声，群山中凄厉的风声，这一切带有边地特色的“边声”，伴随着军中的号角声，此起彼伏，令人内心震撼。“连角起”的“角”即指号角，因为古代军号多以牛角制成，因此称为号角。在大漠狼烟、长河落日的背景之下，千山万壑中的一座孤城，早已紧闭城门。

范仲淹曾在宋仁宗康定、庆历年间被派往抗击西夏的第一线，最初担任陕西经略安抚副使兼知延州，实际职务是延州知州。他在与西夏的对抗中度过数年，为了抗击西夏的军事进攻，修筑了一座座城堡，并且利用边地要塞城堡，对西夏施行积极防御，取得了极其有效的成果。因此，词中所写的孤城并非想象之词，而是战争前线的实景。当然，他所写的绝对不是哪一座孤城，而是整个宋代西北边地的大量的城堡。

这首词的上片写环境，下片写人。边地环境是极其恶劣的环境，边地的人就是戍边的将士。

下片开篇“浊酒一杯家万里，燕然未勒归无计”，写了边地饮酒的场景：“浊酒”相对于“清酒”是劣质酒，在条件艰苦的西北边地，一杯浊酒已属来之不易。从上下文的语境看，饮酒的是一位将军。他为什么在这样艰苦、荒凉的边地饮酒呢？因为他肩负戍边的重任，同时他心中也有郁闷。此句前四字“浊酒一杯”和后三字“家万里”紧紧相连。家在万里之外的内地，人在万里之外的边地。“一”杯浊酒，敌不住对“万”里之外的家乡的思念。“一”与“万”（多）的对比，更让人感慨万千。可惜的是“归无计”，没有办法回家团聚，因为“燕然未勒”啊！“燕然”，指燕然山，即今蒙古国境内的杭爱山。东汉和帝时期的车骑将军窦宪大破北匈奴，追杀北匈奴单于到达燕然山，“遂登燕然山，刻石勒功而还”。这是汉匈史上汉军的一次重大胜利。窦宪登燕然山刻石记功，成为后世一段历史佳话。范仲淹用此典，意在说明没有完成君命的将军无法还乡。

边地的苦寒，孤城的荒凉，将军思乡却无法归乡，只能以酒消忧。在这样一个深秋的夜晚，远处忽然又传来了悲凉的羌笛声。眼前是洒满一地的白霜，谁能在这样的夜晚入睡呢？将军白发苍苍，征夫据守孤城。这就是范仲淹为这首词结语所描写的情景：“羌管悠悠霜满地。人不寐，将军白发征夫泪。”这让我们联想到唐代诗人王昌龄“羌笛何须怨杨柳，春风不度玉门关”的诗句。

范仲淹是宋仁宗朝一位重要的政治家，主持过“庆历新政”，同时还是一位有远见的军事家。他曾在西北边地运用“积极防御”的方针，修筑城堡，训练军队，使宋军屡战屡败的局面得到彻底改善。由于长期在边地和西夏军队对垒，他对军事斗争有真实的体验，这是他创作边塞词的生活基础。

这首词大大突破了唐五代至宋初词以艳词为主的写作范围，对宋词突破婉约词的内容范围、写作风格都起了很大的作用。后世的豪放词多多少少都受到了范仲淹的影响。

词风的变化最直接的是词语的变化，即用“归雁”“边声”“孤城”“长烟”“落日”“浊酒”“羌管”等词语，代替了“露浓”“花瘦”“暗香”“黄花”“香径”等词语，使词的内容、风格发生了根本性的变化。

美辞玉屑

范文正公守边日，作《渔家傲》乐歌数阕，皆以“塞下秋来”为首句，颇述边镇之劳苦，欧阳公常呼为穷塞主之词。

——〔宋〕魏泰《东轩笔录》卷十一

桂枝香

〔宋〕王安石

登临送目，正故国晚秋，天气初肃。千里澄江似练，翠峰如簇。归帆去棹残阳里，背西风酒旗斜矗。彩舟云淡，星河鹭起，画图难足。

念往昔，繁华竞逐，叹门外楼头，悲恨相续。千古凭高对此，谩嗟荣辱。六朝旧事随流水，但寒烟芳草凝绿。至今商女，时时犹唱，《后庭》遗曲。

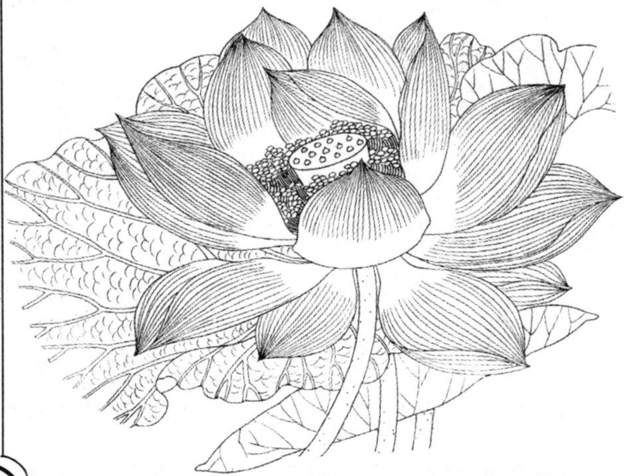

作为宋代的文学大家，王安石的诗、文、词俱佳。《桂枝香》（登临送目）便是他的一首代表作。

我们先看这首词上片的前三句：

登临送目，正故国晚秋，天气初肃。

“登临送目”，是登高望远。从东汉末年王粲的《登楼赋》“登兹楼以四望，聊假日以销忧”开始，中国文人喜爱在文学作品中抒写登高望远的感受。人们的视野，平时受到环境的限制，登高，视野骤然开阔，看到平时看不到的景色，总能给人一种不同寻常的感受，岁月变迁的无情、世途坎坷的悲叹、家国之思的忧愁……一并涌上心头。故而人们登高之时，往往会极目远望，大抒其怀。

“正故国晚秋，天气初肃。”“正”，正是。“故国”，故都，旧时的都城，这里指金陵（今南京）。金陵为六朝故都，东晋、宋、齐、梁、陈五代，均建都于此，时称建康。东吴亦曾经建都于此，时称建业。金陵之名始于战国时期的楚威王。

“晚秋”，点明了季节。“天气初肃”进一步写出这一季节的显著特点——肃杀。

接下来的两句“千里澄江似练，翠峰如簇”，写“登临送目”的所见。词人所见的是两大景观：一是江，二是山。这首名作怎么写江呢？一写其长，用了“千里”二字；二写其形，用了“似练”二字，“练”，白绢；三写其清，用一“澄”字，写其清澈见底。这里暗用了谢朓《晚登三山还望京邑》的典故：“余霞散成绮，澄江静如练。”千里长江犹如一条长长的白绢。如此写江，又该如何写山呢？一写其色，“翠峰”，深绿色的山峰；二写其形，“如簇”，好像一团团聚集丛生的竹子。南京是以低山缓冈为主的丘陵地区，一座座山峰耸立，“翠峰如簇”恰恰抓住了金陵周边山的特点。

归帆去棹残阳里，背西风酒旗斜矗。

“归帆”，归去的船，这里以“帆”代船。“棹”，划船工具，类桨，这里亦代船。因此，“归帆”“去棹”都指船。“残阳”，点明词人“登临送目”的具体时间是傍晚时分。极目远眺，落日之下，条条征帆远远而去。“背西风酒旗斜矗”，背靠着西风，一面面旗幡斜插在酒店门前。

彩舟云淡，星河鹭起，画图难足。

这三句中有两点难解之处，一是“彩舟”，二是“星河”。前面已写过“归帆去棹”，为何还要再写“彩舟”？上文写过“千里澄江似练”，为何还要再写“星河”？

有人将“星河”释为秦淮河，那么“彩舟”自然就是秦淮河上的画船了。

有人将“星河”释为“千里澄江”，那么“彩舟”仍然是江上的“归帆”“去棹”。

到底哪一说有道理呢？读者可以自行判断。我认为，从全词上片的整体而言，当以释为长江为第一选项。

因此，这三句再写“千里澄江”的美丽景色。“彩舟”，是对江上画船的美称。“彩舟云淡”，写江上的画船和天上淡淡的云融为一体。“星河鹭起”，犹如天河的大江，白鹭翻飞。“画图难足”，即使用画笔也难以描绘。

王安石这首名作，上片极力渲染金陵的秀丽，特别以“千里澄江”作为写作的重点，对金陵周边的群山并未更多用笔，而对静如白练的澄江不惜笔墨，一写再写。为什么呢？“逝者如斯夫，不舍昼夜。”正是澄江引发了词人对金陵、对历史的沉重反思。

因此，下片从上片的写景转入怀古、思考。

念往昔，繁华竞逐，叹门外楼头，悲恨相续。

下片起句一个“念”字，道出了词人“登临送目”并非仅仅是为了欣赏美景。作为一代杰出的政治家，王安石对这座六朝故都的前世今生有着个人独到的思考。所以，“念”字之下是“往昔”。“往昔”最为人感慨的是“繁华竞逐”。

追求生活的美好，为人性使然，并非值得诟病。人们诟病的是统治者一个赛一个，无限度、无休止地追逐繁华。作为六朝故都的金陵，见证了这一切。最为著名的莫过于陈后主。隋朝灭陈的大将韩擒虎，率兵五百人，攻至金陵朱雀门外，陈后主和他的宠妃张丽华，尚在宫中结绮阁上追欢逐乐，结果双双被俘，陈朝国亡。杜牧的《台城曲》中留下了“门外韩擒虎，楼头张丽华”的名联。这首词的“门外楼头”，浓缩了杜牧《台城曲》中这两句诗的前二字。具体而言，“门”，指朱雀门。“楼”，指结绮阁。正是毫无节制地追逐繁华，最终导致亡国的悲剧。词人写此，并非仅仅发思古之幽情，同时也是对当下的一种隐忧。可怕的是这种亡国悲剧，并非陈朝所独有，作为六朝故都的金陵，见证了一代又一代王朝的兴亡，“悲恨相续”。亡国之“悲”，失国之“恨”，从来没有人认真反省过，任其一代接着一代地轮回，演绎着兴衰荣辱的周期律。

千古凭高对此，谩嗟荣辱。

登高望远，思接千古，只能空叹历代兴亡荣辱。

六朝旧事随流水，但寒烟芳草凝绿。

三国东吴、东晋、宋、齐、梁、陈，统称“六朝”，它们均建都金陵，只是对金陵的称谓不同。如今六朝的故事如同滔滔东去的江水，一去不返。眼前只有寒烟笼罩下的芳草，凝成一片暗绿，让人伤感不已。

至今商女，时时犹唱，《后庭》遗曲。

时至今日，歌女们还时时唱着陈后主的《玉树后庭花》。“商女”，即歌女。“商女”称为歌女来自中国古代宫、商、角、徵、羽的五音。“《后庭》遗曲”，即《玉树后庭花》。据传，此曲为陈后主所作，后人将其视为亡国之音。这三句化用了杜牧《泊秦淮》中“商女不知亡国恨，隔江犹唱后庭花”二句。

王安石这首名作紧扣“登临怀古”展开。景，写得大气磅礴；情，抒得深沉浓郁。王安石之前的词作，题材多以儿女情长为主，用词这种形制抒写登临怀古之情非常罕见。能把登临怀古之情用之于反思六朝兴亡，又非一般词人所能胜任，只有王安石这样的政治家兼文学家，方能将二者合为一体。

晚登三山还望京邑

〔南朝齐〕谢朓

灞涘望长安，河阳视京县。
白日丽飞甍，参差皆可见。
余霞散成绮，澄江静如练。
喧鸟覆春洲，杂英满芳甸。
去矣方滞淫，怀哉罢欢宴。
佳期怅何许，泪下如流霰。
有情知望乡，谁能鬒不变。

台城曲（其一）

〔唐〕杜牧

整整复斜斜，隋旗簇晚沙。
门外韩擒虎，楼头张丽华。
谁怜容足地，却羡井中蛙。

泊秦淮

〔唐〕杜牧

烟笼寒水月笼沙，夜泊秦淮近酒家。
商女不知亡国恨，隔江犹唱后庭花。

江城子·密州出猎

〔宋〕苏轼

老夫聊发少年狂，左牵黄，右擎苍。锦帽貂裘，千骑卷平冈。为报倾城随太守，亲射虎，看孙郎。

酒酣胸胆尚开张，鬓微霜，又何妨。持节云中，何日遣冯唐。会挽雕弓如满月，西北望，射天狼。

在中国古代文学史上有一位不可忽视的人物，集作家、书法家、画家于一身的人物，他诗、词、赋、文样样精通。论词，他与辛弃疾并称；论文，他与韩愈、柳宗元、欧阳修、王安石、曾巩、苏洵、苏辙并称为“唐宋八大家”；论书法，他与黄庭坚、米芾、蔡襄并称为“宋四家”。他指导、奖掖的黄庭坚、秦观、晁补之、张耒被称为他门下的“四学士”。

这位中国文学史上的大人物是谁呢？

我想大家都已经猜到了——苏轼。

苏轼的才气太大，名气太大，但是人生却很不顺利。苏轼的才气和命运的背离总让我想起白居易的《醉赠刘二十八使君》。面对遭受二十三（八）年被贬生涯的刘禹锡，白居易在诗中说：“亦知合被才名折，二十三年折太多。”

什么意思呢？

意思是说，你刘禹锡的才气这么大，名气这么大，如果不压一压你，你让别人怎么过？但是，压你二十三年，确实是压得太过了。

苏轼的命运和刘禹锡相似。

他一生经历了神宗、哲宗、徽宗三朝，经历了王安石变法和随之而来的政坛大动荡。熙宁年间，由于与王安石不和，苏轼请求离开京城到外地任官。主动要求离京外任，实际上是无奈之举，因此，他的内心深处颇有失意之感。

苏轼先后在杭州、密州（今山东诸州）、徐州、湖州等地任职。在任密州知州时，他革除弊政，因法便民，颇有政绩，深受百姓喜爱。我们今天要讲的苏轼的这首词，即是他在密州知州任上所写。

上片八句，前五句写词人自己出猎的盛况，后三句写自己的豪情。

苏轼写作这首词时，刚刚四十岁，正是年富力强之时。但是这首词开篇就写了惊人的一句：“老夫聊发少年狂。”

“老夫”与“少年”是两个完全不同的人生阶段。人在不同的人生阶段应该有相应的人生态度。“老夫”持重，“少年”放浪。年届四十，身为太守的苏轼，无论是年龄还是职位的要求，都应该持重了，但是，自称“老夫”的苏轼劈头就来了一句：我要像“少年”一样发一次“狂”了。仅此一句，豪情壮怀喷涌而出。

“左牵黄，右擎苍。锦帽貂裘，千骑卷平冈”四句，写太守左手牵着猎狗，右臂擎着苍鹰，头戴锦帽，身穿貂皮大衣，冲在这支队伍的最前面，率领千骑，一阵风似的卷过平冈，俨然是指挥千军万马的将军。

实际上，这位“老夫”只是一位文官太守，但他的冲天豪气，丝毫不弱于任何一位武将。

上片的后三句“为报倾城随太守，亲射虎，看孙郎”，太守的围猎，引得全城百姓出城围观。发了“少年狂”的太守，平日为民兴利除弊，深得百姓爱戴，风闻太守出猎，大家奔走相告，全体出城，这是怎样一幅壮观的行猎图啊！

以“老夫”身份当了一回“少年”的太守，看到百姓随行出猎的壮景，更感到豪情满怀，信心满满，立志要像当年的“孙郎”一样“射虎”，让大家开开眼。

这里的“孙郎”，指的是三国时的孙权。

据《三国志·吴书·孙权传》记载，一次，吴主孙权骑马射虎，自己的坐骑为虎所伤。孙权投出双戟，将虎击伤，一位随从用戈相助，终于抓获了这只虎。

苏轼这里以“孙郎”自居，古人称“郎”，一般是指年轻人。这正与首句的“少年”前后呼应。

一位文官太守，为什么要把自己写成俨然一位上阵杀敌的将军呢?

下片作了回答：

酒酣胸胆尚开张，鬓微霜，又何妨。持节云中，何日遣冯唐。会挽雕弓如满月，西北望，射天狼。

第一句“酒酣胸胆尚开张”，说明这次围猎是在一次痛饮之后举行的，“酒酣”指酒喝得尽兴，也让“老夫”的豪气、胆气全上来了。“鬓微霜，又何妨”承上而来，同时也坐实了“老夫”二字，头发花白了又怎么样，这丝毫无妨“老夫”的“少年”壮志。这三句承上片而来，但是仍然没有写出“老夫聊发少年狂”的真实原因。

下片的后五句说出了原因。这五句可以分为两层，“持节云中，何日遣冯唐”是第一层。

这里提到的冯唐是西汉文帝自己发现的一位年迈的近侍老臣。

有一次，汉文帝乘辇车从中郎署经过，看见了年迈的冯唐，他感慨：我的手下怎么没有战国时期廉颇、李牧那样的名将呢？冯唐对汉文帝说：即使陛下身边有廉颇、李牧这样的名将，您也不会用。汉文帝听了很不高兴。冯唐借机说：云中郡守魏尚是一位非常出色的边将。他拿出全部市场税收犒赏士卒，还自掏腰包，五天一杀牛，犒赏士卒及手下。因此，匈奴人都躲着魏尚，不敢靠近云中郡。边防将领天天作战，但是他们一句话说得与事实有出入，就被执法的小吏们严惩。我认为，陛下法令太严，奖赏太轻。云中郡太守魏尚仅仅是因为上报的敌军首级多了六个，皇上就将其打入大牢，削去爵位，严加惩处。由此看来，皇上即使得到廉颇、李牧这样的良将，您也用不成。文帝听后非常兴奋，当天就派冯唐拿着节杖赦免魏尚，再次任用魏尚为云中郡守，同时也给冯唐升了官。

苏轼用冯唐的典故，意在叩问：我何时能遇到今天大宋朝的冯唐，改变一下我的命运呢？实际上表达了自己政治失意、报国无门的幽怨。

下片的后三句是第二层：

会挽雕弓如满月，西北望，射天狼。

“挽雕弓”是将弓拉满，“雕弓”是雕花的弓，弓拉满了，自然如“满月”之状。“西北望，射天狼”，“天狼”是星，箭指天狼星，实际上是箭指北宋的主要外敌辽和西夏。当时，苏轼并非武官，也不是真想上前方领兵打仗，明里是说向着西北方向“射天狼”，实际上是表达自己想为国效力的愿望。

这才是词人自称“老夫”打猎习武、箭指天狼的初衷。

至此，我们明白，这首以打猎为主要内容的词，实际上是一首含蓄表达内心不满、希望为国效力的词。

这首词的用词、内容、风格和我们之前讲过的以婉约为主导的宋词大不一样，它是宋代第一首豪放词，在中国词史上占有重要的地位。

美辞玉屑

醉赠刘二十八使君

〔唐〕白居易

为我引杯添酒饮，与君把箸击盘歌。
诗称国手徒为尔，命压人头不奈何。
举眼风光长寂寞，满朝官职独蹉跎。
亦知合被才名折，二十三年折太多。

卜算子·黄州定慧院寓居作

〔宋〕苏轼

缺月挂疏桐，漏断人初静。
谁见幽人独往来，缥缈孤鸿影。
惊起却回首，有恨无人省。
拣尽寒枝不肯栖，寂寞沙洲冷。

苏轼是中国文学史上的大家，却不是现实生活中的弄潮儿。元丰二年（1079）三月，苏轼调任湖州知州，他给皇帝进《谢上表》以谢恩，本是例行公事之作，但其中的某些话被人说成是对皇帝的不敬。本来，苏轼此前为地方官时，看到王安石新法执行过程中的一些弊端，将其写进了自己诗中。于是，有人就又将这些诗句搓合在一起，状告苏轼。七月二十八日，苏轼因“讥讽文字”“愚弄朝廷”等罪名于湖州被拘捕，二十多天后被押往京城御史台——乌台审理，差点儿酿成杀头之祸。所幸众多大臣施以援手。最终，苏轼被贬至黄州（今湖北黄冈）任团练副使。这就是影响苏轼一生的“乌台诗案”。

苏轼于元丰三年（1080）年初到黄州，暂住定慧院，这首词写出了他初到黄州定慧院的心情。

上片前两句：

缺月挂疏桐，漏断人初静。

“缺月”，即残月，农历月末的月亮。“漏”是漏壶的简称，一种铜制有孔的容器，可以滴水或滴沙，以刻度标志计时。“漏断”是漏尽更深的深夜。“梧桐”在古代诗词中是常常用来表达深秋时节孤寂、凄凉心情的一种意象。

这两句是说，残月斜挂在稀疏的桐树梢上，漏壶的水将要滴尽，夜深时，周围特别安静。

后两句“谁见幽人独往来，缥缈孤鸿影”，“幽人”，幽居之人，指词人自己。苏轼初到黄州时，因为刚刚经历过“乌台诗案”，常常深居简出，因此在词中自称“幽人”。“缥缈”，即隐隐约约。

这两句是说，谁能看见幽居之人独往独来，只有隐隐约约的孤鸿。

上片四句描绘出一幅幽深寂静的月夜图，残月、疏桐、漏断、幽人、孤鸿，这一组意象透出了一种清冷、孤独的感情。

下片四句：

惊起却回首，有恨无人省。拣尽寒枝不肯栖，寂寞沙洲冷。

这四句一气呵成，专写“孤鸿”。

隐约出现的孤鸿，刚刚落下就又惊恐地飞起，频频回首，却无人可以理解它的孤苦。在深秋的寒枝上飞来飞去，始终找不到可以栖身的地方，最终还是忍受着寂寞寒冷，在沙洲上栖居。

这首词字面的意思似乎不难理解，它是苏轼抒写“乌台诗案”后刚刚到达黄州时心境的词作，因此，对它的解读当然离不开“乌台诗案”的影响。

“乌台诗案”差点儿要了苏轼的命。当时两种意见左右着这场审判。一是所谓的新党，他们想借此案杀一儆百。一是所谓的旧党，他们奔走呼号，一定要解救苏轼。从某种意义上讲，这不是苏轼一个人的问题，而是新旧两党的一场短兵相接的战斗。

幸好新党的关键人物，当时已经罢相的王安石，反对以此严惩苏轼。王安石认为：圣明时代岂能够随意杀戮人才！

王安石虽已下野，但他的意见仍然非常重要，宋神宗最终采纳了他的意见。当然，这与宋太祖建国初的不杀士人的国策也有很大关联。

一场如此重大的波折若说没有触动苏轼的灵魂，那是不可能的。事实上，这场暴风雨过后，苏轼仍然心有余悸。

因此，这首词中的“幽人”与“孤鸿”，其实都是词人的自指。上片重在写“幽人”，下片重在写“孤鸿”，两者是一而二、二而一的关系。

上片写夜深人静时，词人在院中孤独地走来走去，只有空中隐约可见的“孤鸿”看到了他的踽踽独行。

下片写孤鸿惊恐地四下张望，虽有满腹怨恨，却无人可以理解。但是，在这样艰苦的环境中，它依然不愿随波逐流，飞来飞去，不肯随便栖息，宁可在寂寞寒冷的沙洲上度过漫漫长夜。

词人内心的孤独寂寞、忐忑不安与严峻的政治环境下依然想保持高洁人格而不愿随人俯仰的心态，都借“幽人”与“孤鸿”的形象含而不露地透出。

宋代关于此词的写作，曾经有过一个流传很广而美丽凄凉的故事。

宋王楙《野客丛书》卷二十四记载：

惠有温都监女，颇有色，年十六，不肯嫁人，闻东坡至，喜谓人曰：“此吾婿也。”每夜闻坡讽咏，则徘徊窗外，坡觉而推窗，则其女逾墙而去。坡从而物色之，温具言其然，坡曰："吾当呼王郎与子为姻。"未几，坡过海，此议不谐，其女遂卒，葬于沙滩之侧。坡回惠日，女已死矣，怅然为赋此词。

这个故事和苏轼的词一样写得仙气缥缈。

惠州温都监有一个十六岁的女儿，颇有姿色，却不肯嫁人。听说苏轼来了，便高兴地说：这是我的夫君啊。每夜听到苏轼吟诗时，她总是在窗外徘徊。苏轼发觉，推窗寻找，她已翻墙而去。此情此景岂非正是苏轼词上阕所写"缺月挂疏桐，漏断人初静。谁见幽人独往来，缥缈孤鸿影"？苏轼打听此事，温都监告诉了他。苏轼说：我可以介绍一位王郎和您的女儿结亲。不久，苏轼过海，这件事就搁下来了，而女子不久却死去了，安葬在沙滩边。等到苏轼回到惠州听说后，心里不安，便写作了这首词。

这个故事靠谱吗？我认为不靠谱，起码这首作于黄州的词被写成惠州，就不对路。

但是，这个故事并不仅仅这一处记载，宋人吴曾《能改斋漫录》卷十六《东坡卜算子词》评价此事时又将温都监女说成了王氏女子：

其属意盖为王氏女子也，读者不能解。张右史文潜继贬黄州，访潘邠老，尝得其详。题诗以志之："空江月明鱼龙眠，月中孤鸿影翩翩。有人清吟立江边，葛巾藜杖眼窥天。夜冷月堕幽虫泣，鸿影翘沙衣露湿。仙人采诗作步虚，玉皇饮之碧琳腴。"

这里不但断言了事情是真的，而且还补充了宋代文人张右史文潜访潘邠老以证明此事的故事。

可见，姑且不论这个故事可信度到底有多大，至少其在宋代流传很广，早已深入人心了。但是，我们今天讲解这首词时仍然不能采纳宋人的这种解读。

美辞玉屑

昨读《野客丛书》，又云：乃东坡在惠州白鹤观所作。惠有温都监女，颇有姿色。年十六而不肯聘人，闻坡至相邻。温谓人曰："此吾婿也。"一日，坡吟咏间，其女徘徊窗外，坡觉而推窗，则女逾墙而去。坡物色得其详，正呼王说为媒，适有过海之事，此议遂寝。其女不久卒，葬于沙汀之侧。坡回，为之怅然，故为此词也。

——〔清〕徐釚《词苑丛谈》卷十

定风波

〔宋〕苏轼

三月七日，沙湖道中遇雨。雨具先去，同行皆狼狈，余独不觉。已而遂晴，故作此。

莫听穿林打叶声，何妨吟啸且徐行。竹杖芒鞋轻胜马，谁怕？一蓑烟雨任平生。

料峭春风吹酒醒，微冷，山头斜照却相迎。回首向来萧瑟处，归去，也无风雨也无晴。

人们常说，人生不如意者十之八九，这句话在苏轼的一生中，体现得极为突出。苏轼先是对王安石变法持有不同意见，遭遇“乌台诗案”，被贬黄州；后是在哲宗亲政后全力打击旧党时，被一贬惠州，再贬儋州，差点丢了老命。因此，苏轼一生最大的问题是如何对待贬官。不仅是苏轼，每个人的人生中最大的问题都不是你遇到了什么，而是你如何应对什么。这里的“什么”，可能是麻烦，也可能是幸运，无论是麻烦还是幸运，如何应对反映的是一个人的成熟与否和气度大小。

苏轼是一个简单的人，他对人生、世道的险恶并没有深刻的认识，否则，他不会在诗中表达自己对新法的不满。“乌台诗案”后，被贬黄州之初，苏轼的内心充满了委屈和不安，所以他在《卜算子·黄州定惠院寓居作》这首词中，用残月、疏桐、漏断、幽人、孤鸿一组意象倾诉了内心的清冷、孤独、不平、不安。这首词说明此时的苏轼尚未能从突如其来的政治打击中走出来。

而在苏轼的《定风波》（莫听穿林打叶声）中，我们已完全看不到他刚刚被贬黄州时的精神状态了。这是凤凰涅槃、浴火重生的结果，这是精神突围的结果。

《定风波》是词牌名，原是唐代的教坊曲，后用作词牌。双调，有多种格式。教坊是由唐至清管理宫廷演出中音乐、舞蹈、戏曲的机构。

这首词前有一段小序：

三月七日，沙湖道中遇雨。雨具先去，同行皆狼狈，余独不觉。已而遂晴，故作此。

小序交代了这首词的写作时间及背景。三月七日，指宋神宗元丰五年（1082）春三月七日。当时，初贬黄州的苏轼家中经济困难，无法养活全家二十多口人。黄州官府便把城东山坡上一块荒地借给他，但因为他不擅务农，产量不高，四十亩地打的粮食不够全家人吃。因此，到黄州的第三年，黄州的两个朋友劝苏轼再买一块儿好地。三月初七这天，苏轼和两位朋友、自己的一位书童到沙湖去看田。出发时，天阴沉沉的，苏轼遂让家中一位书童先带雨具半路迎接。未想到雨来得太快，刚出家门不远便风雨交加。这就是《东坡志林》卷一所载："黄州东南三十里为沙湖，亦曰螺师店，予买田其间。因往相田……"这首词即因此而作。

据小序所言，苏轼一行人在"沙湖道中遇雨"，这雨当是急雨。何以断言？因有"同行皆狼狈"五字。如果是一般的小雨、微雨，不至于"狼狈"，而且不是一位同行者感觉"狼狈"，而是"同行皆狼狈"，因此，"沙湖道中遇雨"是突遇急雨、大雨。之所以如此狼狈的另一原因是"雨具先去"。"雨具先去"是因为让书童提前到半道迎接。但是，苏轼自述"余独不觉"，面对如此急雨，何以他人个个"狼狈"，苏轼"独不觉"呢？

其实，感觉不感觉，全在自我感受！

你感到狼狈不堪，自然会非常狼狈；你视若小菜一碟，自然是小菜一碟。苏轼沙湖道中遇雨的气定神闲，在小序中已经表现得相当出彩了。当然，急雨的特点在“急”，“已而遂晴”，不多时，天晴了，大家虚惊一场。

下面，我们看这首词的上片：

莫听穿林打叶声，何妨吟啸且徐行。竹杖芒鞋轻胜马，谁怕？一蓑烟雨任平生。

先看首句。“穿林打叶声”五字，写出了这场突如其来的急雨的气势。因为有“林”字，表明词人是走在树林中。树林中由于林密叶茂，一般的小雨不会对树下行人造成多大影响。既然“穿林打叶”之声出来了，可见是来势甚猛、声势甚大的急雨。但是，苏轼却偏偏在“穿林打叶声”之前，举重若轻地加了一个“莫听”。什么叫“莫听”？说白了，就是听它干吗，管它干吗，走自己的路。雨势甚急，对待急雨的态度却甚缓，不怕不惧，不急不躁。

这还不算，第二句再来一个“何妨吟啸且徐行”，那就更潇洒了。一边吟诵，一边长啸，而且是慢步徐行。这就把苏轼笑傲风雨的心理状态、精神气概全写出来了。什么状态呢？四个字：云淡风轻。“吟”，吟诵，这是古人诵读古典诗词的一个重要方法。“啸”，一种歌吟方式。

写到这里，苏轼仍然不想放过自己对外界干扰的轻蔑，因此，又画了一幅自己雨中独行的自画像：

竹杖芒鞋轻胜马，谁怕？

拄着“竹杖”，穿着草鞋，自认为这远远胜过骑马。这简直就是《记游庐山》的那位狂生：

芒鞋青竹杖，自挂百钱游。

可怪深山里，人人识故侯。

“谁怕”两个字，表达了自己的毫不在乎。注意：“谁怕”两字词人用了反问的句式，更强调了对突然而至的急雨的蔑视。

上片最后一句“一蓑烟雨任平生”，表明自己披着蓑衣在风雨里过一辈子也处之泰然。“一蓑”，蓑衣，用棕制成的雨披。这一句，将自己面对急雨、面对人生困境的态度再次升华，成为全词最令人击节赞赏的两句之一。它体现的人生态度是苏轼经历了“乌台诗案”后最为巨大的精神回报。苏轼在自己的诗词中，三次用到“平生”：第一次，“竹杖芒鞋轻胜马，谁怕？一蓑烟雨任平生”；第二次，“问汝平生功业，黄州惠州儋州”；第三次，“九死南荒吾不恨，兹游奇绝冠平生”。这让我们深深感受到，苏轼面对人生不同境遇时的强大内心！

这首词的上片写的是雨中，下片写的则是雨后。上片写雨中，还有对急雨的描写；下片写雨后，则专写自己的感受。

这种感受来自两个方面，一是生理上的感受，一是精神上的感受。

料峭春风吹酒醒，微冷，山头斜照却相迎。

这三句主要写的是生理上的感受。一场春雨过后，料峭的春风轻轻拂面，虽说冬天已过，但是离大地回暖的日子仍有一段时间。春风吹得酒醒了，身体微微发冷。缓缓下沉的早春夕阳，虽然不能带来浓浓的暖意，但那抹温柔的红色毕竟是相迎自己而来。

回首向来萧瑟处，归去，也无风雨也无晴。

一场急雨过后，回首刚刚令人狼狈的地方，“归去”，一切都过去了，似乎什么都没有发生，既无风雨也无晴天。这是写实，更是写虚。自然界中的风雨与晴天，你若淡然处之，也便不觉狼狈，亦不觉欢喜；人生中的风雨与晴天，你若淡然处之，也便不觉艰难愁苦，亦不觉兴奋愉悦了。这三句，词人精神上再度升华。之前所写的只是无惧风雨，现在再度思考后，已不是无惧无畏，而是在词人的眼中，人生已没有风雨与晴天的分别。一切都是人生的必修课，一切都是自然而然的人生际遇，一切都是命运的最佳馈赠。

美辞玉屑

记游庐山

〔宋〕苏轼

仆初入庐山，山谷奇秀，平生所未见，殆应接不暇，遂发意不欲作诗。已而见山中僧俗，皆云：“苏子瞻来矣！”不觉作一绝云：“芒鞋青竹杖，自挂百钱游。可怪深山里，人人识故侯。”既自哂前言之谬，又复作两绝云：“青山若无素，偃蹇不相亲。要识庐山面，他年是故人。”又云：“自昔忆清赏，初游杳霭间。如今不是梦，真个是庐山。”是日有以陈令举《庐山记》见寄者。且行且读，见其中云徐凝、李白之诗，不觉失笑。旋入开元寺，主僧求诗，因作一绝云：“帝遣银河一派垂，古来惟有谪仙辞。飞流溅沫知多少，不与徐凝洗恶诗。”往来山南北十余日，以为胜绝不可胜谈，择其尤者，莫如漱玉亭、三峡桥，故作此二诗。最后与总老同游西林，又作一绝云：“横看成岭侧成峰，到处看山了不同。不识庐山真面目，只缘身在此山中。”仆庐山诗尽于此矣。

六月二十日夜渡海

〔宋〕苏轼

参横斗转欲三更，苦雨终风也解晴。
云散月明谁点缀，天容海色本澄清。
空余鲁叟乘桴意，粗识轩辕奏乐声。
九死南荒吾不恨，兹游奇绝冠平生。

念奴娇·赤壁怀古

〔宋〕苏轼

大江东去，浪淘尽、千古风流人物。故垒西边，人道是、三国周郎赤壁。乱石穿空，惊涛拍岸，卷起千堆雪。江山如画，一时多少豪杰。

遥想公瑾当年，小乔初嫁了，雄姿英发。羽扇纶巾，谈笑间、樯橹灰飞烟灭。故国神游，多情应笑我，早生华发。人生如梦，一尊还酹江月。

黄州是苏轼人生中的第一个贬谪地，黄州四年半的生活对苏轼一生磨砺最多。从最初的耿介不平，到后来的坦然相对，苏轼经过了人生中最重要的精神突围。这一时期，他写下了千古名作“一词二赋”：“二赋”指的是《前赤壁赋》《后赤壁赋》，“一词”指的就是这首《念奴娇·赤壁怀古》。

这是一首怀古词，怀古的对象是三国时期的东吴大将周瑜。任何怀古之作都不可能是纯粹的怀古，怀古和伤今往往紧紧相连，苏轼的这首词也不例外。因此，这首词严格来讲是一首怀古伤今之作。

虽然这首词咏叹的是三国名将周瑜，但是，上片开篇前三句并没有写周瑜，而是总写所有历史人物的共同命运。词人站在黄州的赤壁矶头，同时站在人生的制高点上，面对着滔滔汩汩、滚滚东去的江水，感慨万千，“千古风流人物”包括自己要咏叹的周瑜，都被一刻也不停留的江水冲刷得干干净净。大气磅礴、光照千古的三句喷涌而出：

大江东去，浪淘尽、千古风流人物。

接下来三句笔锋一转，从“千古风流人物”聚焦到昔日的古战场：

故垒西边，人道是、三国周郎赤壁。

“人道是”三字，用得绝佳。讲到“三国”，提到“赤壁”，肯定和赤壁之战有关。但是，当年的赤壁之战究竟发生在哪里，一向是有争议的，今人多认为发生在湖北省赤壁市。苏轼对此争议非常了解，但他咏赤壁，不过是将赤壁作为怀古伤今的一个触点，没有必要去考证赤壁究竟在哪儿。于是，苏轼采用了一个最简洁的办法，“人道是、三国周郎赤壁”。既然是“人道是”，便是人们说，与我无干，我只是借此抒怀古之幽思罢了。“周郎”，指周瑜。周瑜当年指挥赤壁之战（208）时三十四岁，古人称年轻男子为郎，三十四岁的周瑜被称为“周郎”，相当准确。周瑜年少而功业卓著，为后文的伤今作了铺垫。年长的刘备也曾被人称为“刘郎”，辛弃疾《水龙吟·登建康赏心亭》中有“求田问舍，怕应羞见，刘郎才气”，将刘备称为“刘郎”。其实，刘备长周瑜十五岁，赤壁之战时已经四十九岁。

乱石穿空，惊涛拍岸，卷起千堆雪。

这三句正面描写黄州赤壁矶的景致。杂乱无章的“乱石”刺破青天。汹涌的江水挟着巨大的力量，撞击着江岸，卷起的浪犹如千堆雪花，蔚为壮观。

紧随其后两句：

江山如画，一时多少豪杰。

其实，江山并非因为美丽而“引无数英雄竞折腰”。江山“引无数英雄竞折腰”的真正魅力在于权力！拥有江山，就拥有权力，这才是“一时多少豪杰”为之“折腰”的真正原因。

苏轼当然懂得这一点，但是，篇幅所限，他仅仅写了“江山如画，一时多少豪杰”十字。多少豪杰争来斗去，都是为权力而已。

以上为上片。下片集中写怀古伤今。

换头，词人用“遥想”二字领起以下五句。前三句“遥想公瑾当年，小乔初嫁了，雄姿英发”，夸赞周瑜年轻，体貌不凡，谈吐不俗。周瑜，字公瑾，“小乔”，是庐江郡皖县（今安徽潜山）人，乔公的小女儿。乔公有二女，皆国色，称大乔、小乔。周瑜攻下皖县，孙策纳大乔为妾，周瑜娶小乔为妻。周瑜娶小乔时，是在赤壁之战前十年。词人为了突出周瑜少年得志、风流倜傥，有意将十年前的“小乔初嫁”和十年后的赤壁之战连为一体，似乎“小乔初嫁了”和赤壁之战是同时发生之事。这么一写，更符合周瑜“雄姿英发”的形象。

词人为什么要将周瑜刻意写得这么年轻呢？本来，周瑜三十四岁担任东吴大都督，已经很年轻了，有必要将他和“小乔”的“初嫁”连为一体吗？有必要。有什么必要呢？我们下面再讲。

建安十三年（208），曹操和孙刘联盟的赤壁之战，曹操兵败。这一战使三国鼎立局面正式形成。导致这一历史局面形成，挫败曹操一统天下雄心的正是青年统帅周瑜。这场以火攻大败曹军的以弱胜强的历史性决战，在苏轼的笔下写得风轻云淡。东吴统帅周瑜，手摇“羽扇”，佩戴“纶巾”，“谈笑间、樯橹灰飞烟灭”，轻松自如。“羽扇”是用鸟羽做成的扇子。“纶巾”是古代用青丝带做成的头巾。手执羽扇，头戴青丝头巾，一派书生打扮，俨然一位儒将。有人认为：“羽扇纶巾”指的是诸葛亮，本文不从。因为这首黄州“一词二赋”中的“一词”，赞美的主要人物是周瑜，

而在三国时，“羽扇纶巾”是儒将的常规装束，并非诸葛亮独有。

“樯橹灰飞烟灭”，写周瑜用火攻战胜了强敌曹操。“樯橹”代指曹操水军战船。“橹”，挂帆的桅杆。“灰飞烟灭”，指曹操的水军战船被周瑜的火攻烧成灰烬。实际这是写周瑜轻轻松松大败曹军。

因此，下片的怀古，先用“遥想公瑾当年，小乔初嫁了，雄姿英发”写赤壁之战时周瑜的年轻英武，谈吐见识卓绝；再用“羽扇纶巾，谈笑间、樯橹灰飞烟灭”写年轻的周瑜指挥大规模的历史决战，一身儒将打扮，从容淡定，优雅闲适。

接下来的五句，写伤今：

> 故国神游，多情应笑我，早生华发。人生如梦，一尊还酹江月。

“故国神游”，意思是神游故国，颠倒了“故国”和“神游”的词序，纯属词律要求。因为这一句的词律要求是“仄仄平平”，“神游故国”的声律是“平平仄仄”，前两字和后两字一颠倒，刚好符合“仄仄平平”的词律。“多情应笑我”意思是应笑我多情，同样是应声律的要求。因为这一句的声律要求是“平平平仄仄”，“多情应笑我”刚好符合这一声律要求。

词人感慨，自己神游当年的古战场，应笑自己太多情，早早就满头白发了。讲到这里，我们可以回答前面我们预留的一个问题：这首词为什么要将指挥赤壁大战时三十四岁的周瑜和二十四岁娶江东美人小乔时的周瑜强行拉到一起呢？当然是为了突出周瑜的年轻。突出周瑜的年轻，是为了感慨自己的年老，满头白发，一事无成。苏轼被贬黄州时已四十五岁，写作这首词时已经四十七岁，比起三十四岁指挥赤壁之战的周公瑾，确实令人感慨万千。

这就逼出了这首词下片的最后两句：“人生如梦，一尊还酹江月。”人生恍如一梦，还是举杯祭奠明月，寄托自己的一点感怀吧。词人满怀豪情，却有心报国，无缘效忠。

从这首词来看，苏轼尚未完全从刚刚到达黄州时的消沉中走出来，他仍有抱负，仍然感慨自己年岁已高却未能像当年的周瑜一样三十四岁就立下盖世之功。直至这首词的最后，词人仍然不能完全释怀，只能以酒祭月，寄托感怀。但是，苏轼正在艰难地走，孤独地走，痛苦地走，竭尽力量地一步步走出人生的阴影。

从词学史来看，苏轼这首词，第一次以樽前花下的词体抒写怀古伤今的思绪，犹如石破天惊之举。据俞文豹《吹剑录》所载：苏轼手下有一位幕僚，特别擅长唱歌。有一次，苏轼问他：我的词和柳词相比，怎么样？这位幕僚回答：柳郎中的词，只适合十七八岁的女孩儿，拿着红牙板，唱“杨柳外、晓风残月”。学士的词，需要关西大汉，手执铁板，唱“大江东去”。苏轼一听，为之绝倒。

可见，苏轼的《念奴娇 · 赤壁怀古》，在宋代词史上确实是一篇开天辟地之作。

美辞玉屑

东坡在玉堂，有幕士善讴，因问："我词比柳词何如？"对曰："柳郎中词，只好十七八女孩儿，执红牙拍板，唱'杨柳外、晓风残月'。学士词，须关西大汉，执铁板，唱'大江东去'。"公为之绝倒。

——〔宋〕俞文豹《吹剑录》

浣溪沙

〔宋〕苏轼

游蕲水清泉寺，寺临兰溪，溪水西流。

山下兰芽短浸溪，松间沙路净无泥，萧萧暮雨子规啼。

谁道人生无再少？君看流水尚能西，休将白发唱黄鸡。

时间是人生最大的敌人。时间可以偷走美丽、健康、聪慧，直至生命。因此，人生没有比时间更可怕的对手了。时间做的这一切，都是在人们不知不觉中完成的，当你意识到时间的可怕，试图阻止它的时候，多半已经晚了，而且，人类永远不可能阻挡时间、战胜时间。这是人类的悲哀。

中国古代的帝王拥有无上的权力和无尽的财富，他们往往是最希望长生不老的一群人，但是，从秦始皇、汉武帝到唐太宗、嘉靖帝、雍正帝，一个接一个，最终都落得现世失败、后世耻笑的结局。

中国古代的文人雅士，没有权力、财富的支撑，对于长生不老往往无太大的奢望，但是岁月的无情流驶也常常惹得他们在诗词文中流露叹老之悲。我们看看白居易的《醉歌》：

罢胡琴，掩秦瑟，玲珑再拜歌初毕。
谁道使君不解歌，听唱黄鸡与白日。
黄鸡催晓丑时鸣，白日催年酉前没。
腰间红绶系未稳，镜里朱颜看已失。
玲珑玲珑奈老何，使君歌了汝更歌。

白居易这首诗题下有注云“示妓人商玲珑”，可见是醉酒后写给“妓人商玲珑”的。“妓人”，应是歌妓、歌女。

据明人增补的宋人周密的《增补武林旧事》卷八记载：商玲珑

是余杭（今浙江杭州）的著名歌女，白居易于长庆二年（822）十月赴任杭州刺史，前后三年，实际在任只有二十个月。在此期间，白居易和商玲珑有过交集，这首诗即写于其在杭州刺史任上。白居易的挚友元稹，当时在越地为官，听说了商玲珑高超的演唱技艺，用重金请商玲珑去他那儿。一个多月后商玲珑返回余杭。元稹为此还写了赠别诗。

“罢胡琴，掩秦瑟，玲珑再拜歌初毕”这两句，写歌女商玲珑演唱结束后，收起胡琴、秦瑟，向白居易行礼。“罢”“掩”，停止，收起乐器。“胡琴”“秦瑟”，乐器。

从第三句到全诗结束的八句，是白居易对商玲珑所唱之歌有感而发所吟的“醉歌”。这八句诗的意思是：谁说我听不懂歌？听我唱唱黄鸡和白日。黄鸡催晓，丑时（凌晨一至三时）报鸣，这样一夜就过完了；白日催年，酉时（下午五至七时）日落，一天就过完了。时间就是这样，在一天天、一夜夜中悄悄地流逝了。每位当官的人，都希望自己能坐上高位，但是，往往腰里的红绶带还没有系稳当，镜子里面年轻美丽的容貌已经消失。玲珑啊玲珑，你面对衰老怎么办呢？我唱完了你再唱一唱吧。

这首“醉歌”是白居易自己的岁月之歌，它在白居易的诗中并非名作，但它典型地反映了中年时的白居易已经对生命不永、人生短暂有了非常清醒的认识。此时的白居易应在五十岁到五十三岁间，刚刚进入人生的初老期。

白诗中这首不太有名的《醉歌》，在宋代遇到了知音。苏轼写了一首《浣溪沙》（山下兰芽短浸溪），化用了白居易岁月之歌的诗意，唱出了一曲新的岁月之歌。

建中靖国元年(1101)正月，苏轼从海南儋州北归，游览金山寺，看到了画家李公麟十年前为自己画的像，极有感慨，便在画像旁题下了著名的《自题金山画像》诗，此时离苏轼下世仅两个月了。全诗极短，是一首六言诗：

心似已灰之木，身如不系之舟。

问汝平生功业，黄州惠州儋州。

这首诗说，我的心已经像成灰的木头，生命却如同一条拴不住的舟船。如果要问我一生最值得纪念的功业，只有黄州、惠州、儋州三处写的作品。

从苏轼临终前两个月的题画诗我们可以知道，苏轼非常看重自己在黄州、惠州、儋州的生活。这三个地点，恰恰是苏轼一生中两次遭受重大挫折的地方，也是他的思想变化最大的地方。黄州是“乌台诗案”的第一个贬谪地，惠州、儋州是哲宗亲政后连续遭贬的两个居住地。苏轼将自己人生最大的两次挫折发生的三个地方，当作自己生平最重要的三个生存地。

苏轼的这首《浣溪沙》（山下兰芽短浸溪）便写于他初贬黄州之时。这首小令还有一个动人的故事：

黄州东南三十里是沙湖，苏轼想到沙湖去买地。他去看地时得了病，听说麻桥有一位名医，叫庞安常，是一位聋人，遂前往求医。庞安常虽是一位聋人，但是非常聪明。病人以手指写明自己的病情，往往写不几个字，他就知道病人的病情了。苏轼和他开玩笑说：我以手当嘴，你以眼当耳，我们都是这个时代的异人啊！病愈之后，苏轼和庞安常成了朋友，一块儿游览清泉寺。清泉寺在蕲（qí）水城外二里的地方，当地有王羲之的洗笔泉，泉水非常甘美。泉下面靠着兰溪，兰溪溪水向西流淌。苏轼有感而发，写作了《浣溪沙》（山下兰芽短浸溪）这首小令。

上片首句“山下兰芽短浸溪”，写山下的兰草刚刚发芽，还很短，而且是傍着兰溪生长。这一句既交代了兰溪的得名，又交代了这首小令的写作时间。但是，在对这一句的理解上，出现了两种不同的声音：这一句写的时间到底是早春还是暮春呢？

我认为是早春。兰草刚刚长出短芽，足以说明这是早春季节了。

第二句“松间沙路净无泥”，写松林间的“沙路”上干干净净，一点泥沙都没有。为什么松间的“沙路”能够洁净无泥呢？

第三句“萧萧暮雨子规啼”交代了原因。这幽雅的景色是雨后之景，春雨冲刷了林间的小路，小路变得一尘不染。

这场春雨是“暮雨”，“萧萧”的雨声给人悲凉之感。“子规”啼血，让人顿生悲情。“子规”是杜鹃鸟的别名，传说它是蜀帝杜宇的魂魄所化，因此又名蜀魂、蜀魄、蜀归。

如果仅看这首小令的上片，给人的感觉是极其悲凉的。但是下片却陡然转出一派生机勃勃的气象。

谁道人生无再少？君看流水尚能西。休将白发唱黄鸡。

谁说人生不能再年轻？您看眼前兰溪的流水就向西流。苏轼即景生情，因情设论，自勉自励，表达了一种昂扬向上的精神面貌。

中国的自然地势总体上是西高东低，因此，中国绝大多数的河流，如长江、黄河、淮河、海河等都是自西向东流。在古代，人们的自然地理知识并不丰富，不明白地势的高低，认为流水都应该是自西向东流的。如果水自东向西流，那简直是不可思议。所以苏轼才将“君看流水尚能西”与“谁道人生无再少”并称，既然流水能够由东向西流去，那么人生也能再次焕发青春的光彩。

苏轼这两句词不仅仅是单纯地描写了兰溪溪水的景况，他本身选择“流水”这个意象就颇具深意。古人常将流水与光阴作喻，“逝者如斯夫，不舍昼夜”“自是人生长恨水长东”。如今，苏轼望着眼前向西流去的兰溪水，仿佛看见了自己逝去的岁月的回转、自己老去的青春的重生，不禁精神大作，这便自然而然地引出最后一句的呐喊与宣言。

最后一句的“休将白发唱黄鸡”化用了我们开头讲的白居易的《醉歌》诗中的“谁道使君不解歌，听唱黄鸡与白日。黄鸡催晓丑时鸣，白日催年酉前没”几句，但是，苏轼的人生态度却和白居易大不相同。他反其意而用之，绝无白诗中的悲凉之慨，而是充满了对生活、对未来的向往与追求。

为什么苏轼遭贬之后，依旧如此意气飞扬呢？因为黄州四年，苏轼实现了自我突围，从人生的困境中走了出来，从命运的小格局中走了出来，以一种积极的心态看待人世间的一切。

其实，人生不在于你遇到了什么，而在于你遇到了什么之后如何面对这一切。在这一点上，苏轼表现得比一般人更强大。这首小令即是一个明证。

美辞玉屑

黄州东南三十里为沙湖，亦曰螺师店，予买田其间。因往相田得疾，闻麻桥人庞安常善医而聋，遂往求疗。安常虽聋，而颖悟绝人，以纸画字，书不数字，辄深了人意。予戏之曰：“余以手为口，君以眼为耳，皆一时异人也。”疾愈，与之同游清泉寺。寺在蕲水郭门外二里许，有王逸少洗笔泉，水极甘，下临兰溪，溪水西流。余作歌云：“山下兰芽短浸溪，松间沙路净无泥，萧萧暮雨子规啼。 谁道人生无再少？君看流水尚能西，休将白发唱黄鸡。”是日剧饮而归。

——〔宋〕苏轼《东坡志林》卷一

商玲珑，余杭歌者。白乐天作郡日，赋歌与之，云：“罢胡琴，掩秦瑟，玲珑再拜歌初毕。谁道使君不能歌，听唱黄鸡与白日。黄鸡催晓丑时鸣，白日催年酉时没。腰间赤绶系未稳，镜里朱颜看易失。玲珑玲珑奈老何，使君歌了汝还歌。”时微之在越，厚币邀去，月余始遣还。赠之诗，因寄乐天云：“休遣玲珑唱我词，我诗多是寄君诗。明朝又向江头别，月落湖平是去时。”

——〔宋〕周密《增补武林旧事》卷八

踏莎行·郴州旅舍

〔宋〕秦观

雾失楼台，月迷津渡，桃源望断无寻处。可堪孤馆闭春寒，杜鹃声里斜阳暮。

驿寄梅花，鱼传尺素，砌成此恨无重数。郴江幸自绕郴山，为谁流下潇湘去。

秦观生活在北宋后期，被列为元祐党争中的旧党，因此，元祐党争给他的一生带来极大的不幸。绍圣四年（1097），秦观被贬杭州通判，再贬盐州酒税，后又被贬郴州，削去官爵、俸禄，再贬横州。一连串的政治打击，让秦观备受刺激。秦观和苏轼有同样的命运，但却没有苏轼同样的胸怀，这使他非常痛苦。

先看上片前三句，“雾失楼台，月迷津渡，桃源望断无寻处”。这首词是秦观寄居在郴州旅店中所写。上片第一句，写自己站在郴州旅店之中，却看不见近在咫尺的“楼台”，因为漫天大雾吞噬了近在眼前的“楼台”。此句关键词在“失”。第二句，写“津渡”在月光下迷蒙不见。“津渡”，渡口。此句的关键词是“迷”。一“失”一“迷”，写的是雾中消失的“楼台”“津渡”，同时也写尽了此时秦观内心的迷茫。“楼台”“津渡”，不仅是具体的意象，也是词人心中的现实希望。

正因为有了前两句的“雾失”“月迷”，第三句“桃源望断无寻处”才有了着落。“桃源”，陶渊明的桃花源。因为“雾失”“月迷”，“望断”就成为必然了。从这一角度看，“雾失楼台，月迷津渡”是“桃源望断无寻处”之因，“桃源望断无寻处”是“雾失楼台，月迷津渡”之果。

再看上片结尾二句，“可堪孤馆闭春寒，杜鹃声里斜阳暮”。

落到现实，写自己正幽“闭”在郴州的“孤馆”之中，躲避“春寒”。这一句，最可玩味者是“可堪”二字，古人用“可”，大多是“岂可”“怎可”之意，此句亦然。加上“可堪”二字，“孤馆闭春寒”就成了一句空话。怎么能忍受幽闭“孤馆”之中，躲避“春寒”呢？“春寒”又岂是“孤馆”之中可以躲避得了的？因此，这里的“春寒”，不仅指自然界中的“春寒”，更是指人事中的“春寒”，你想躲都躲不过去的“春寒”。这几句，将情和景结合在一起，景中有情。

“杜鹃”，又名子规、蜀魂、催归，传说是蜀帝杜宇的魂魄所化，常常夜鸣，声音凄切。杜鹃啼归是中国古代最有名的意象。一声声凄厉的叫声，令人心碎。“斜阳暮”，进一步点明此时已是暮色浓重之时。“斜阳”已是“暮”景，再加一“暮”字，更令人倍受“暮”色逼人之迫。王国维《人间词话》吟诵秦少游此词，至此，提笔书曰：“少游词境最为凄婉，至‘可堪孤馆闭春寒，杜鹃声里斜阳暮’，则变而为凄厉矣。”

细心的读者可能会发现，上片前两句“雾失楼台，月迷津渡”已经写到月光升起，为什么上片后两句又倒回去写“杜鹃声里斜阳暮”的傍晚呢？

这的确是一个问题。

这个问题如何理解呢？有两种说法可供参考：一是时间错位，二是虚景实写。

前一种理解是说，先写月夜，再写傍晚。一如李清照《醉花阴》(薄雾浓云愁永昼）一词，先写白天“薄雾浓云愁永昼，瑞脑销金兽”，再写夜半，“佳节又重阳，玉枕纱橱，半夜凉初透”，下片再回写傍晚："东篱把酒黄昏后，有暗香盈袖。莫道不消魂，帘卷西风，人比黄花瘦。"这种时间上的错位，是为了突出某一时段，因而将其单列。李清照的《醉花阴》（薄雾浓云愁永昼），重在写黄昏，因此上片的白天、夜半写得简单，且并为上片；傍晚是全篇的重点，单列为下片。

后一种理解是说虚景实写。换句话说，上片前三句并非实有之景，是词人想象的虚景。词人站在郴州旅店中，看到的是傍晚之景，因此，上片的后两句，写的是实景，上片前三句，写的是想象之景。

我个人赞同前一种理解。词人先写月夜，再写傍晚。月夜之景，实中有虚。黄昏之景，虚中有实。月夜的"楼台""津渡"，真看不见了吗？不一定。词人将它们写得看不见了。为什么要这样写呢？因为要表达自己对没有确定性的前途的一种情绪。

这首词的下片写得比上片实得多，大家一读就会明白。下片专写友情。当然，其中也蕴含着深深的无奈。

"驿寄梅花"，用了南朝陆凯《赠范晔》一诗之典：

折花逢驿使，寄与陇头人。

江南无所有，聊赠一枝春。

这首赠友诗名气极大，因为陆凯只是"逢驿使"，马上就托"驿使"寄物赠人。最妙的是陆凯赠寄的不是贵重礼物，而是一枝象征春天的春花。秦观将陆凯的"一枝春"改为"梅花"，比陆凯的意象更高。因为，梅花是中国文人最为钟爱的"四君子"——梅、兰、竹、菊之一，代表的是一个人的气节。

"鱼传尺素"用了乐府民歌《饮马长城窟行》的典故。这首民歌后八句言：

客从远方来，遗我双鲤鱼。呼儿烹鲤鱼，中有尺素书。

长跪读素书，书中竟何如？上言加餐饭，下言长相忆。

客人从远方捎来一封信。我让孩子打开信封，里面有一封信，我急切地坐下来读信，信上写了什么呢？一是让我多吃点，保重自己。二是说他非常想念我、想念家。由于古代往往用一对木制雕刻的鲤鱼作信封，里面放上信函，因此，“双鲤鱼”就是信封，代指信。“烹鲤鱼”，就是打开信封。“鱼传尺素”和“鸿雁传书”一样，都是传递书信的一种委婉说法。

秦观在这首词的下片，连用两个典故，说明自己非常思念、感谢来函问候他的朋友，这些来函勾起了他对自己无端遭贬的愤慨。最令人感慨的是他对自己的遗憾、愤慨无力改变，遂用“砌成此恨无重数”一句充分概括。“恨”是一种感情，秦观能将感情“砌”成一道高高的墙，表达自己的愤怒，这是宋词注重炼字的又一典范之作。

下片的最后两句，词人以景结情。“郴江幸自绕郴山，为谁流下潇湘去。”这一问，首先应该肯定这是无理之问。“郴江”“绕郴山”，是客观现象。江水的流淌是由地势的高下决定的，而且，无论是“郴山”，还是“郴江”，都是无情之物，根本不存在“郴江”该不该绕着“郴山”转了很长时间之后，突然改变方向，流向“潇湘”而去的问题。但是，诗词中的无理之问，往往包含着有情之理。在秦观看来，“郴山”和“郴江”结伴已久，继续结伴同行是最自然的了，可事实上却最终分道而行了。这位多情纤弱的词人，抛给了世界一个没有答案也无须回答的问题：世界本来就是不完美的，我们怎能企望事事如意？纵使“郴江”和“郴山”结伴已久，也不意味着它们一定要结伴继续同行。正如我好端端的一个读书人，一心想围着朝廷，建立一番功业，如今怎么被卷入政治斗争之中，沦落到这样的境地呢？这两句貌似无理的问话中，饱含着词人对自己身世遭遇的无奈和悲慨。

美辞玉屑

饮马长城窟行

〔东汉〕陈琳

青青河边草，绵绵思远道。远道不可思，宿昔梦见之。
梦见在我旁，忽觉在他乡。他乡各异县，展转不相见。
枯桑知天风，海水知天寒。入门各自媚，谁肯相为言！
客从远方来，遗我双鲤鱼。呼儿烹鲤鱼，中有尺素书。
长跪读素书，书中竟何如？上言加餐饭，下言长相忆。

蝶恋花

〔宋〕赵令畤

欲减罗衣寒未去，不卷珠帘，人在深深处。红杏枝头花几许？啼痕止恨清明雨。

尽日沉烟香一缕，宿酒醒迟，恼破春情绪。飞燕又将归信误，小屏风上西江路。

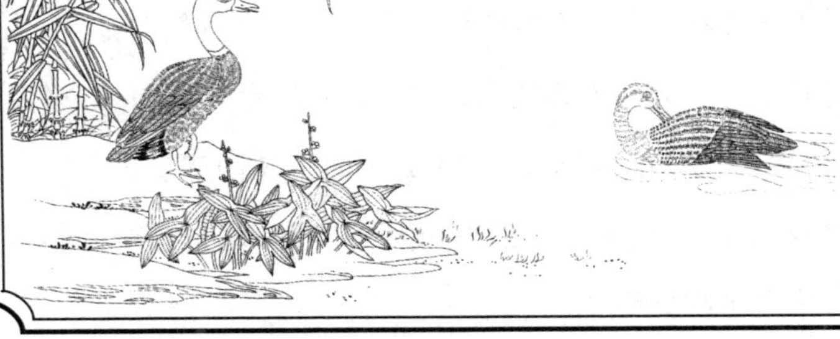

赵令畤是一个身份非常特殊的词人。他是赵德芳的玄孙，赵德芳是大宋开国皇帝赵匡胤的小儿子。“斧声烛影”事件后，赵匡胤暴病而亡，叔叔赵光义成功登基。再后来，哥哥赵德昭自杀。赵德昭死后一年多，太平兴国六年（981）三月，赵德芳神秘地暴病而亡，年仅二十三岁。史书对这位年轻皇子的离奇死亡没有做任何说明，这成为北宋初年政坛上的又一桩疑案。

北宋总共九位皇帝，除太祖赵匡胤外，其余八位皇帝是宋太宗赵光义和他的子孙们。太祖赵匡胤这一支已经从显赫的皇族沦落为一般士子，赵令畤就是这么一位皇族子弟。

这首词是赵令畤所作的清明词。

清明是中国传统节日中一个重要的节令，它的到来，表明春天已完全落地。清明是冬至后的第一百零八天，此时天气晴朗，四时明净，是传统节日中祭祖扫墓的日子。

我们先看这首词上片的前三句：

欲减罗衣寒未去，不卷珠帘，人在深深处。

首句写清明时节天气乍暖还寒，想少穿点衣服，又怕着凉。第二、三两句“不卷珠帘，人在深深处”，写主人公是一位困守空房的女子。尽管清明时春光无限，但她住处的“珠帘”竟然垂着，自己全无心绪，倦怠慵懒，连帘子都懒得卷。

女主人公为什么心绪如此慵懒、苦闷呢？上片的后两句“红杏枝头花几许？啼痕止恨清明雨”透露了原因。

连绵不尽、淅淅沥沥的“清明雨”下个不停，春寒迟迟不肯退去，“欲减罗衣寒未去”。可这并不是女主人公最伤感的，她自问“红杏枝头花几许”，艳红的杏花在连阴的“清明雨”中怎么样了，女主人公最关心的是连绵不尽的“清明雨”将杏花摧残成什么样了。

杏花一般三四月份开，是诗词中经常写到的一种观赏性极强的花。清明节的杏花更受人关注。陆游《临安春雨初霁》中“小楼一夜听春雨，深巷明朝卖杏花”写的就是雨催生了花，花装点了雨，二者相映成趣。

不仅杏花，“清明雨”也深受诗人喜爱，唐人杜牧写有知名的《清明》诗：

清明时节雨纷纷，路上行人欲断魂。

借问酒家何处有，牧童遥指杏花村。

“清明雨”与杏花似有不解之缘。但是，词中的女主人公却对“清明雨”十分反感，为什么呢？因为她认为“清明雨”摧残了杏花。

另一个值得注意的细节是：词人以“红杏”指代杏花。其实，杏花只有在含苞待放时，才会朵朵艳红，随着花瓣的舒展，色彩由浓转淡，花落之时，片片雪白。宋代诗人杨万里《文杏坞》诗谈到杏花的颜色：

道白非真白，言红不若红。

请君红白外，别眼看天工。

既不是真白，又不是真红，您还是在红白二色之外，看看大自然的鬼斧神工吧。宋人叶绍翁《游园不值》诗：

应怜屐齿印苍苔，小扣柴扉久不开。

春色满园关不住，一枝红杏出墙来。

用“红杏”写杏花，强调的是含苞待放的花。这种尚未绽开的杏花被“清明雨”打落，让女主人公格外心痛。遂她询问“清明雨”后还有几多杏花保留下来，并进一步推想，“啼痕止恨清明雨”，残留的“红杏”上面应有怨恨“清明雨”的泪痕。这个想象太丰富了。一场“清明雨”后，有杏花凋零，也有杏花傲然挺立，这些杏花挂着雨点，仿佛是怨恨的斑斑“啼痕”。

其实，恨“清明雨”的是女主人公。她恨“清明雨”是因为她的惜春、惜花之情，她的惜春、惜花之情又和惋惜自己青春的逝去密不可分，韶颜易逝，红颜易老。正如《红楼梦》中黛玉《葬花吟》所咏：

花谢花飞花满天，红消香断有谁怜？

游丝软系飘春榭，落絮轻沾扑绣帘。

闺中女儿惜春暮，愁绪满怀无释处，

……

桃李明年能再发，明年闺中知有谁？

……

词的下片前三句直接抒情：

尽日沉烟香一缕，宿酒醒迟，恼破春情绪。

“尽日”是整整一个白天，“沉烟”是香炉里点燃的沉香，“香一缕”是一缕沉香的烟袅袅上升。这一句写女主人公百无聊赖，整整一天只能瞅着香炉里的沉香燃起的一缕缕青烟发呆，苦坐愁城，打发时光。

“宿酒”是前一天晚上喝的酒，因“清明雨”而担心“红杏”受损，因担心“红杏”受损而生愁情，因愁情而喝闷酒，因酒喝多了而醒得晚了，“宿酒醒迟”。

“恼破”是恼得要命。这句是说，自己恨这个“清明雨”恨得要死。该死的清明雨让含苞待放的“红杏”未及绽放就匆匆告别了人间，要知道它们可是积累了一个冬天的能量，刚刚到了展现自己青春美好的时光，马上就遭到了“清明雨”的无情打击。女主人公懒得卷帘、懒得赏春，都和尚未绽放的“红杏”葬送在“清明雨”上息息相关。

飞燕又将归信误，小屏风上西江路。

女主人公对“清明雨”的怨恨发泄完，又将怨气撒向了“飞燕”。本来，女主人公这几天一直恼怒“清明雨”，但是一抬头，看见了淫雨霏霏中的“飞燕”，立即对着“飞燕”喃喃自语：你为什么没把亲人的消息带回来呢？这是无理之问，表达的是真实之情！

面前的“小屏风”上画着亲人离去的“西江路”。这条“西江路”送走了亲人，却没能迎回亲人。恼人的“清明雨”终将会过去，烦人的“飞燕”也将会飞走，唯有画着送别亲人“西江路”的“小屏风”，日日可见，无计可逃脱。

词人从恨“清明雨”，到怨“飞燕”，再到面对画着“西江路”的“小屏风”而无可奈何。正如《草堂诗余正集》中所评：“末路情景，若近若远，低徊不能去。”

临安春雨初霁

〔宋〕陆游

世味年来薄似纱，谁令骑马客京华。

小楼一夜听春雨，深巷明朝卖杏花。

矮纸斜行闲作草，晴窗细乳戏分茶。

素衣莫起风尘叹，犹及清明可到家。

醉花阴

〔宋〕李清照

薄雾浓云愁永昼，瑞脑销金兽。
佳节又重阳，玉枕纱橱，半夜凉初透。
东篱把酒黄昏后，有暗香盈袖。
莫道不消魂，帘卷西风，人比黄花瘦。

宋代，是中国历史上一个自由、唯美的时代，这个时代产生的宋词，犹如汉代的大赋、六朝的骈文、唐代的诗歌，写尽了一个时代的风流。唯美的宋词占尽了大宋的风头——文人的雅致，志士的壮怀，帝王的风月，女子的情思，统统汇聚到宋词之中。

宋词的作者，形形色色，最为奇绝的是女词人。宋代的女词人，如同一朵绽放的小花，盛开在一代代人的心田，留下了一缕缕的清香。

李清照就是宋代女词人中的翘楚。她是中国历史上著名的才女，后人用“男中李后主，女中李易安”将她和李煜并称。一个人的成就高下是和其参照物对应的，参照物越大，一个人的成就就越高。能和李后主相提并论，李清照的成就与地位还用我们再说什么吗？

今天我们讲的是她的《醉花阴》。

这首词分为上下两片。上片前两句是：

薄雾浓云愁永昼，瑞脑销金兽。

这两句写白天。天，阴沉沉的，雾很轻，云却很浓，阴沉沉的天如同长夜漫漫，令人无法忍受。李清照心情郁闷，感到这个白天特别漫长。她点上香炉，手托香腮，默默发呆，香炉里的青烟袅袅升腾，慢慢地。烟散了、尽了，李清照的目光始终没有离开香炉。她是用此打发无聊的时光。

词中的“瑞脑”是香片，“金兽”是香炉。“瑞脑销金兽”就是在香炉里点上香片。

其实，白天的长短都差不多，为什么今天显得这么漫长呢？为什么女主人公今天特别无聊呢？

“佳节又重阳”点出了这一天的特别之处：这一天是重阳节。

重阳节是中国古代非常重要的节日。《易经》以六为阴，以九为阳，九月初九就是重阳。唐代诗人王维曾写过《九月九日忆山东兄弟》：

独在异乡为异客，每逢佳节倍思亲。

遥知兄弟登高处，遍插茱萸少一人。

“每逢佳节倍思亲”是中国人较熟悉的一句唐诗。从这首诗可知，重阳节是团圆节。这一天，家人要团聚、要登高、要赏菊、要插茱萸。但是，李清照的这一天过得孤独、清冷、寂寞——赵明诚不在家。从“佳节又重阳”的“又”字看，李清照一人过重阳，已经不是第一年了。

独守空闺，年复一年，让她很痛苦。

当年，十八岁的李清照嫁给了太学生赵明诚。他们有共同的爱好，收集金石书法，作诗填词，感情甚笃。

李清照曾经亲笔写下一段自己和赵明诚斗茶的故事，清楚地交代了夫妻二人的伉俪情深：

余性偶强记，每饭罢，坐归来堂，烹茶，指堆积书史，言某事在某书、某卷、第几页、第几行，以中否，角胜负，为饮茶先后。中，即举杯大笑，至茶倾覆怀中，反不得饮而起。

我的记忆力超强，每次饭后，坐在书房里，一边煮茶，一边指着堆积的书说，某事在某本书中，第几卷、第几页、第几行。咱俩以对错决胜负，胜者先喝。当然我赢得多，每当我举杯先喝时，往往开怀大笑，结果，茶水洒了一身，茶没喝上。

这就是著名的“赌书泼茶”的故事。

读书是雅事，相亲相爱的两人在生活中用“赌书”增加生活的情趣，即使茶洒了，仍然兴致不减，满身的清香见证了爱情的美满和情趣的高雅。

清朝才子纳兰性德对赵明诚、李清照夫妇的伉俪情深颇有感触，他曾写过一首著名的悼亡词《浣溪沙》悼念亡妻：

谁念西风独自凉，萧萧黄叶闭疏窗，沉思往事立残阳。

被酒莫惊春睡重，赌书消得泼茶香，当时只道是寻常。

其中，“赌书消得泼茶香，当时只道是寻常”就用了“赌书泼茶”的典故。

纳兰这两句是说：回想起当年的赌书饮茶，当时觉得平平常常，而今爱妻亡故，才知道它是多么珍贵啊！

夫妻情深，让李清照独处的重阳节，百无聊赖。按说，盯着香炉坐了一天，晚上疲劳了，可以入睡了。但是，她却睡不着。何以见得呢？

有词为证：

玉枕纱橱，半夜凉初透。

躺在蚊帐里，枕在玉枕上，半夜，温度降下来了，在玉枕刚刚凉透的那一刹那，李清照马上就感觉到了。可见，白天被相思之情折磨了一天的李清照，仍然未能入睡，而且十分清醒。

这是词的上片。

上片通过白昼盯香炉、夜半难眠两个细节，写出了李清照重阳节一天的相思。但是，李清照作为大才女的高明之处在于她在整个上片都没有明写自己的相思之情，而是把她的相思之情暗含在词句之中了。

下片写什么呢？写黄昏之相思。

东篱把酒黄昏后，有暗香盈袖。

“东篱”是菊花圃。这里化用了陶渊明《饮酒》诗的典故：

采菊东篱下，悠然见南山。

这里我们补充两句。李清照和赵明诚非常欣赏陶渊明的为人。他们把自己的书房取名为“归来堂”，“归来”两个字来自陶渊明的《归去来兮辞》。《归去来兮辞》有“倚南窗以寄傲，审容膝之易安”两句，意思是说：靠着南窗，寄托胸中的傲骨，房子虽小，却容易安身。李清照自号“易安居士”，“易安”两个字，就取自这两句的雅意。

明白这一点，就可知道，“东篱”二字，既是用典，又和李清照的雅意相符。

苦闷了一天的李清照，傍晚时分，采菊独酌，借酒浇愁，仍是写相思。最值得关注的是“有暗香盈袖”一句，“暗香”一般指梅花，李清照此处以暗香代指菊花，菊香盈袖，引出了下文。

至此，重阳一天写完了，该收笔了。收尾处写下了最为精彩的三句：

莫道不消魂，帘卷西风，人比黄花瘦。

意思是说，不要说这一天让我痛苦不堪，西风吹过，帘外的菊花映入眼帘：黄色的花瓣，又细又长，我似乎比菊花的花瓣还要清瘦。

据元人记载，李清照曾经把自己写好的这首词，寄给丈夫赵明诚。赵明诚看后，自愧不如。出于对妻子的爱，他废寝忘食，三天三夜，一口气写了五十首《醉花阴》，和李清照的这首掺在一起，请自己的好哥们儿陆德夫把玩。陆兄仔细审读，最终，告诉赵明诚，只有三句写得极佳："莫道不消魂，帘卷西风，人比黄花瘦。"这个故事流传极广，后人编李清照的词集为《漱玉词》，记载了这个故事。

直至今日，李清照的这三句仍然高居李清照的名句榜首。

那么这三句究竟好在哪儿呢？好在李清照即景设喻，以形体的消瘦含蓄地写出了相思之苦。

以形体消瘦写相思之苦，并非李清照的独创，古已有之：

《古诗十九首》(行行重行行)有"相去日已远，衣带日已缓"，衣服宽大，正见形体消瘦。

柳永的《蝶恋花》(伫倚危楼风细细)"衣带渐宽终不悔，为伊消得人憔悴"二句，也以消瘦写相思，成为名句。

但是，他们所写的都比不过李清照的！李清照不但以消瘦写相思，而且是即景设喻，形象生动。"黄花"既承上文"有暗香盈袖"，又与"帘卷西风"共同构成了一幅凄清寂寥的深秋图。人"瘦"与"黄花"相比，更突显了词人茕茕孑立的孤单与随风飘摇的柔弱，惹人怜爱。

通观全词，这首词写白天的无聊、夜半的不眠、黄昏的饮酒直至最后的人花相比，其实，都是为了写透“相思”二字。但是，全词没有一字一词一句明写相思，而是把相思之情巧妙地融合在全词的每一句之中。这就叫“不着一字，尽得风流”！

美辞玉屑

饮酒（其五）

〔东晋〕陶渊明

结庐在人境，而无车马喧。
问君何能尔？心远地自偏。
采菊东篱下，悠然见南山。
山气日夕佳，飞鸟相与还。
此中有真意，欲辨已忘言。

摊破江城子

〔宋〕程垓

娟娟霜月又侵门。对黄昏，怯黄昏。愁把梅花，独自泛清尊。酒又难禁花又恼，漏声远，一更更，总断魂。

断魂，断魂，不堪闻。被半温，香半温。睡也睡也，睡不稳，谁与温存？只有床前红烛伴啼痕。一夜无眠连晓角，人瘦也，比梅花，瘦几分。

一剪梅

〔宋〕李清照

红藕香残玉簟秋。轻解罗裳，独上兰舟。云中谁寄锦书来？雁字回时，月满西楼。

花自飘零水自流。一种相思，两处闲愁。此情无计可消除，才下眉头，却上心头。

李清照是一位非常敏感、非常细腻的词人，而且她善于用细腻的笔触，将她的细微的感受精准地表达出来。在这一点上，只有南唐后主李煜可以和她相媲美。但是，二人也有一些区别，李煜的感情不仅有私情，还有深厚的故国之情，作为南唐国主，他失掉的不仅是自己风花雪月的生活，还有整个南唐的国家。所以，同样是感情细腻、表达细致入微，李清照主要写的是个人的小情调，李煜在小情调中尚有一定的大情怀。

李清照的这首《一剪梅》（红藕香残玉簟秋），便充分地表现了她细腻的感情、精准的表达与多样的书写方式。

这首词分上下两片，上片六句，下片六句。

全词只写“相思”二字。

上片说，院里的荷花残了，屋里的席子凉了。自己提着裙子，独自乘舟泛游。抬头仰望，只盼鸿雁传书，如果能收到赵明诚版的回文诗，那该多么惬意啊。雁南飞了，人却未归，月照高楼，顾影自怜，好不凄凉。

“相思”这个词最为难写，但是，有了相思，总会不自觉地为它找个寄托。

院子里的残败荷枝，屋子里快要撤去的夏日凉席便成了寄托。因为，这不仅是为了挑明深秋的时令，更重要的是写出自己内心“赶不走”的孤独。

漂亮的小舟，本可以泛舟赏玩，但是，相思让自己都没了兴致。明明是侍女相伴，偏偏感到“独”自乘舟。赵明诚不在身边，满满的孤独，浓浓的忧伤。

南飞的大雁，只令人想到“鸿雁传书”、“回文诗”篇。

“云中谁寄锦书来”七个字用了两个典故。

“鸿雁传书”出自苏武的故事。我们在讲李煜的《清平乐》（别来春半）时已经介绍过了。

“锦书”讲的是苏蕙的回文诗。据《晋书·列女传》记载：

窦滔的妻子苏蕙，是一位擅长写诗、心灵手巧的女子。前秦时，窦滔担任秦州刺史，获罪迁往敦煌。苏蕙在家思念远行的丈夫，于是织了一幅锦帕，这幅锦帕最珍贵之处，在于苏蕙在其上织了一首八百四十个字的回文诗。回文诗，就是正着读、倒着读、退着读都能成诗的一个组诗。苏蕙用这首回文诗表达了对窦滔的思念。

苏蕙首创的回文诗在中国历史上写下了浓墨重彩的一笔，《晋书·列女传》记载后，此后的史书都记载了各个朝代的回文诗。回文诗，从此成为考量一个人作诗功力的一个标志。

这是正史的记载，其他记载更多，我们不多讲。

李清照一句连用两个典故，是企盼着赵明诚能鸿雁传书，写出像苏蕙的回文诗那样洋溢着真情的诗篇。其实，这种企盼，只是自己相思的另一种表达方式。因为自己思念甚深，所以企盼赵明诚写出思念自己的诗篇。我们佩服的是李清照能用这种角度、方

红藕香残玉簟秋轻解罗裳独上兰舟李清照一剪梅

法（度人写己）写出自己“赶不走”的相思。

“雁字回时，月满西楼”两句点明大雁已经南飞，赵明诚啊，你何时归来啊？

上片最后一句“月满西楼”，用“月”写李清照对赵明诚的思念从白天延续到夜晚。

这种日思夜续的思念怎么能赶走呢？

下片继续写自己“赶不走”的相思。

花自飘零水自流。一种相思，两处闲愁。此情无计可消除，才下眉头，却上心头。

“花自飘零水自流”，写深秋时节，花，落了，水，流了。落花随着流水漂走了。可谓指缝太宽，岁月太窄，大好时光就这样一天天溜走了，自己仍饱受着相思的煎熬，赵明诚同样也在忍受着相思的煎熬，这就叫“一种相思，两处闲愁”。

其实，这也是写自己“赶不走”的相思之苦的另一种表达方式。不光写自己思念赵明诚，而且写赵明诚思念自己。赵明诚此时情况如何，李清照只是猜测而已。

末尾三句，“此情无计可消除，才下眉头，却上心头”，讲自己的相思病已经无药可救，刚刚舒展眉头，马上又占据了心头。

李清照的这首词的末尾三句，如同《醉花阴》末尾三句“莫道不消魂，帘卷西风，人比黄花瘦”一样，又是千古名句！

一个作家能留下名句是非常困难的一件事，原因在于名句不是自己能够确定的，而是千千万万的读者认定的；不是一个人或几个人可以操纵的，而是由千千万万读者口口相传的。无论你有多大的政治权力、资本权力，都无法改变世世代代读者的心！

有人说，李清照此词的后三句出自范仲淹的《御街行·秋日怀旧》，此话不假。范仲淹的《御街行》也是写相思之情的，末尾三句是："都来此事，眉间心上，无计相回避。"意思是说，说起相思，无论紧锁眉头，还是藏在心头，都无法回避。

大家可以拿李清照的"此情无计可消除，才下眉头，却上心头"和范仲淹的原句比较一下，意思大体一致，表现力如何，不言自明。

明人俞彦《长相思》中"轮到相思没处辞，眉间露一丝"两句，化用了李清照的词句，但和李清照词相比，仍然少了韵味。

这首词紧扣"赶不走"三个字，写深秋之时李清照无法驱赶的相思。因为心中充满相思之情，精神饱受相思之苦的折磨，院中衰败的红藕，屋里让人感到寒意的玉簟，都让她备感凄凉。登上兰舟，孤独难耐；举头望天，渴望云中寄书。鸿雁南归，企盼爱人归来，直至月满西楼，仍辗转难眠，其因都是"赶不走"的相思。花飘水流让她伤感，异地同愁仍无法解忧，甚至才下眉头，却上心头，都是"赶不走"的相思惹的祸。

美辞玉屑

御街行·秋日怀旧

〔宋〕范仲淹

纷纷坠叶飘香砌，夜寂静，寒声碎。真珠帘卷玉楼空，天淡银河垂地。年年今夜，月华如练，长是人千里。

愁肠已断无由醉，酒未到，先成泪。残灯明灭枕头攲，
谙尽孤眠滋味。都来此事，眉间心上，无计相回避。

俞仲茅小词云：“轮到相思没处辞，眉间露一丝。”视易安“才下眉头，却上心头”，可谓此儿善盗。然易安亦从范希文“都来此事，眉间心上，无计相回避”语脱胎，李特工耳。

——〔清〕王士祯《花草蒙拾》

武陵春

〔宋〕李清照

风住尘香花已尽，日晚倦梳头。物是人非事事休，欲语泪先流。
闻说双溪春尚好，也拟泛轻舟。只恐双溪舴艋舟，载不动许多愁。

李清照的晚年经历了许多令人极为痛苦的事情。

首先，国破了。靖康二年（1127），金兵攻陷东京，北宋灭亡，宋徽宗、宋钦宗被俘，大量赵氏皇族、嫔妃、重臣被虏至北方金国。这是宋代历史上，也是中国历史上一个极为重大的历史事件。徐君宝妻的《满庭芳》（汉上繁华）一词中“清平三百载，典章文物，扫地俱休”三句，让人千年之后读之仍然感慨唏嘘。当然，徐君宝妻写的是南宋沦亡后的悲恸，李清照这首词写的是北宋的沦亡。对于生活于两宋之交的李清照来说，北宋的沦亡已无异于晴天霹雳了。徐君宝妻这首词最可贵的是不但写到了自己和人世的永别，写到了自己和夫君的永别，而且写到了中华文明的一次空前浩劫。这一点，李清照与徐君宝妻可以说是感同身受。

其次，家亡了。国破，对于一个深爱中华文明的人来说，已经是不能承受之重，何况在这场空前的大变故中，李清照的丈夫赵明诚因病亡故，这对于李清照来说，打击之大，可想而知。

最后，金石书画，几近全失。赵明诚是宋代金石大家，夫妇二人毕生致力于收集金石书画。但是，南迁渡江，不得已而舍弃在山东家中的文物，因为战祸损失大半；在洪州，两万卷书、两千本金石刻，因金兵到达，损失殆尽；此后，在逃往衢州、越州、杭州、嵊县的途中，又遭军士抢劫、贼人偷盗，所剩者无几。这对于辗转逃亡的李清照来说，无疑是国破、夫死之后的又一个沉重打击。

经此一连串打击，李清照的人生几乎是油尽灯枯。这首《武陵春》（风住尘香花已尽）即是李清照悲惨晚年的写照。有研究者称，此词写于宋高宗绍兴五年（1135），李清照当时避难于浙江金华。

上片首句“风住尘香花已尽”。“风住”，写一场大风刚刚停息下来。为何说这是一场大风呢？因为下面五个字对这场风作了最为详尽的说明。“尘香”，写落红净尽，加之人践马踏，路上的尘土都已经被落红染香了。其实，写至此，残春巨风的威力已经写得非常彻底了。但是，词人并未停笔，而是又补了“花已尽”三个字。这三个字不是简单的重复，而是词人的深沉叹息。“尘香”之意，词人不知道吗？当然知道，尘土变香难道不是写春红落尽吗？当然是。为什么写得如此含蓄蕴藉了还要再补三个字？因为词人实在不忍看到春归，不忍看到春去，不忍看到春逝。春归、春去、春逝，在词人这里已不是简单的春归、春去、春逝了，而是自己的生命犹如这无可奈何逝去的春天，已经一去不复返了。伤春即是伤己，这是古人最常见的写法，但是，对于李清照来说，从闺中少女至闺中少妇，再至丧夫的老妇，金兵南下带来的一连串重大打击，使她的精神几近崩溃。因此，晚年再睹暮春的落花，早已不是闺中少女的小伤感，也没有闺中少妇的淡淡愁怨，有的只是对生命将逝的一种深深哀痛。

“日晚倦梳头”，补足前句之意。鸡鸣即起，晨妆打扮，是一位女子早晨必做的功课。此句写晨妆未理，至日晚尚懒得梳头，意绪之悲，心绪之恶，尽在词中了。此时赵明诚已经亡故，“士为知己者死，女为悦己者容”，“悦己者”走了，还为谁梳洗打扮呢？何况眼前一派残春景况，更使词人懒得梳洗了。

为什么我们品读这首词，一开篇就将其定位为晚年之作呢？这绝非信口雌黄，毫无根据。词中的“物是人非事事休，欲语泪先流”二句已经给我们提供了这首词的写作时间。“物是人非”是眼前一切悲痛的直接原因。“物是”，是春天依然；“人非”，是斯人已逝。这个斯人，就是赵明诚。因为“物是人非”，所以“事事休”，词人感到这世界的一切都变了，都对自己毫无意义了。

想说说自己内心的痛苦，无人诉说，话未出口，泪已先流。这才是人生的不幸，这才是女人的不幸，这才是战乱中女人的不幸，更何况是恩爱夫妻的永别。

上片四句，含蓄者极为含蓄，直率者极为直率，各臻其妙。写暮春大风，极为含蓄。“风住尘香”四个字，写尽了暮春巨风的蛮横。落红被大风吹落，漫天飞舞的惨象，词人一字未提，直至“尘香”二字跳出，读者才明白，风停花落，人踩马踏，“零落成泥辗作尘”。一向令人生厌的尘土竟然因落红无数而变得有香味了，真可谓含蓄之至。“日晚倦梳头”以下三句，突然直率得一读即明。含蓄，是无人可说；直率，是忍无可忍。

下片，词人从写实转到想象：

闻说双溪春尚好，也拟泛轻舟。只恐双溪舴艋舟，载不动许多愁。

“闻说”是听说。眼前是花尽尘香，但是听说“双溪”的春天尚在。

这对渴盼春天的词人来说，不啻是一个最好的消息。既然如此，当然要去再睹春光了，所以才有“也拟泛轻舟”之想。“也拟”，这一想象之语用得极妙，它将词人对春天的渴盼之情写得入情入理，而且和上片的“风住尘香”的伤感极为相合。但是，转念一想，舟轻愁重，小小舟船，如何载得动自己的无尽愁思呢？“只恐”二字，表明自己无法前往赏春，因为“舴艋舟”是一种轻便的小舟，它恐怕载不动我一身的愁。

“愁”，本是一种感情，无形无重。但是，李清照偏偏将“愁”写得沉重无比，连小舟都无法承受，实在是一种大胆、新颖的想法，更是一种独创。这和李后主以“一江春水”写无尽之愁有异曲同工之妙。元人王实甫《西厢记》的第四本第三折中【收尾】云：“遍人间烦恼填胸臆，量这些大小车儿，如何载得起？”把愁从船上又搬到了车上，同是一种创造。

下片的“闻说”“也拟”“只恐”三个词，用得极其巧妙。正是这三个词，将整个下片的想象串在一起，推动全词进入高潮，也使这首词成为易安词中的经典之作。

美辞玉屑

【尾】驴鞭半袅，吟肩双耸，休问离愁轻重，向个马儿上驼也驼不动。

——〔金〕董解元《西厢记诸宫调》

【收尾】四围山色中，一鞭残照里。遍人间烦恼填胸臆，量这些大小车儿，如何载得起？

——〔元〕王实甫《西厢记》

声声慢

〔宋〕李清照

寻寻觅觅，冷冷清清，凄凄惨惨戚戚。乍暖还寒时候，最难将息。三杯两盏淡酒，怎敌他晚来风急？雁过也，正伤心，却是旧时相识。

满地黄花堆积，憔悴损，如今有谁堪摘？守着窗儿，独自怎生得黑！梧桐更兼细雨，到黄昏、点点滴滴。这次第，怎一个愁字了得！

李清照的晚年颇为不幸，那些倾诉晚年悲凉心境的词，无不浸透着她的字字血、声声泪。而李清照晚年如此凄凉的心境，不仅仅因为我们已经讲过的国破、夫死、文物丢失，还有一件让李清照颜面尽失、羞辱万分、痛苦不堪的事件：再嫁张汝舟，并与其离婚。

张汝舟早年曾做过池阳军中的小吏，宋徽宗崇宁二年（1103）中进士，绍兴元年（1131），官右承务郎、监诸军审计司官吏等小官。其时，赵明诚病故，李清照一下子变得十分寂寞。张汝舟以“赵明诚同学”的身份认识李清照后，对其百般呵护，消解了李清照的防范。寂寞孤独的李清照误以为张汝舟是一个可以依赖的人，遂于绍兴二年（1132）再嫁张汝舟。其实，张汝舟早就知道赵明诚、李清照是北宋的金石大家，希望通过婚姻骗取李清照的文物字画。但是，他万万没有想到，李清照的众多文物竟然损失殆尽，仅存的一些文物字画亦保存甚严。于是，张汝舟穷凶极恶的面孔暴露无遗，甚至对李清照拳脚相加。不过，“家暴男”张汝舟低估了李清照的刚毅和智慧。李清照为了结束这场恶梦，断然告官。当时，李清照与张汝舟结婚仅三个月。李清照检举张汝舟“妄增举数入官”（右承奉郎监诸军审计司张汝舟属吏，以汝舟妻李氏讼其妄增举数入官也。其后，有司当汝舟私罪，徒诏除名，柳州编管）。

所谓“妄增举数入官”，是指宋代规定举子参加科考到一定次数、取得一定的资格以后，可以直接授官，张汝舟是靠虚报科考次数取得的官职，这可是欺君的重罪。

按照《宋刑统》规定，妻告夫，即使证据属实，可以判离婚，女子也需服刑两年。李清照为早日摆脱噩梦，不惜身陷囹圄，也坚决告发张汝舟。最终，李清照与张汝舟离婚成功，张汝舟被除名夺官，发配柳州编管，李清照被收监关押。九天以后，因翰林学士綦崇礼出手相救，李清照获释。出狱后，李清照写了《上内翰綦公启》，以示答谢。

虽然从这桩婚姻中解脱了出来，但李清照遭受了巨大的心理打击。这首《声声慢》（寻寻觅觅），感情极为沉痛，应当就是其经历了离婚案之后所写。

这首词上片前三句的七组叠字，一直让人们惊叹不已。

“寻寻觅觅”四个字，字面意思非常易懂，但是，放到这首词里，就大有学问了。易安居士在寻找什么呢？经历了国破、夫亡、文物丢失、再婚失败、身陷囹圄、声名俱毁之后，她想要寻找什么呢？其实，“寻寻觅觅”，只是她心境极为恶劣的一种下意识的动作，她什么都不想找，也找不到。赵明诚能找回来吗？幸福的家庭能找回来吗？丢失的文物能找回来吗？再婚失败，坐了九天牢，一生清名能找回来吗？所有失去的东西统统都找不回来。这一点，李清照太清楚了，她还需要找吗？还需要“寻寻觅觅”吗？

“寻寻觅觅”四个字写活了李清照此刻百无聊赖的心态、动作。

“冷冷清清”是“寻寻觅觅”后的结果。找来找去，什么也找不到，找到的只是“冷冷清清”。但是，这不是气温的冷清，或者说这不仅是气温的冷清，更是心境的冷清、彻骨的冷清。人世间有比这更冷清的吗？

“凄凄惨惨戚戚”，是“冷冷清清”之后的另一个心理感受。一位寡居的老人，一位极为敏感的才女，经历了这些年的苦苦挣扎，得到的却是“冷冷清清”，是“凄凄惨惨戚戚”。

应当指出，李清照对音律有极深的造诣，这七组叠词，多用齿舌音，读起来徘徊低迷，婉转凄楚，颇有一种悲凉之感，愁绪在开篇便弥散开来。

乍暖还寒时候，最难将息。

点明季节是秋天。夏日的余温即将退去，空气中已有了寒意，这样的季节，最难调养。“将息”，调养，这里的调养不仅指身体，更指精神。词人写这首词时，心中的伤痛远胜于肉体的伤痛。

三杯两盏淡酒，怎敌他晚来风急？

深秋的傍晚，些许淡酒，独酌独饮，实在敌不住傍晚时节的寒风。其实，真正让词人感到寒意阵阵的，不仅是自然界的寒风，更是心中的寒意、人生的寒意。

雁过也，正伤心，却是旧时相识。

仰望天上飞过的雁阵，似乎是自己当年在故乡见过的旧友，如今它们一行行南飞而去。明年春来，它们还能够回到故乡，而自己却不知何日可以再返故乡。目睹雁行，词人感到阵阵伤心。

这首词的上片，写的是从早晨至傍晚整整一天的百无聊赖，痛苦、伤感。

下片单单挑出黄昏，专写黄昏时的感受。这种写法，极像《醉花阴》（薄雾浓云愁永昼），上片写白天和夜半，下片专写黄昏，而且写的意象也极相似，都是菊花。不过，《醉花阴》中的菊花意象，凝聚的是夫妻分别的忧愁，而本词中的菊花意象，凝聚的是国破家亡、声名扫地等一系列的人生打击的痛楚，这种痛楚，远远超过了夫妻之间短暂分别之苦。

因此，下片开篇三句“满地黄花堆积，憔悴损，如今有谁堪摘”，写的依然是菊花凋零，但是，“如今有谁堪摘”一句沉痛无比。遍地凋零的落花，已经无心欣赏、把玩。

守着窗儿，独自怎生得黑！

一个人独坐窗下，怎么能熬到天黑？这，已经不仅是度日如年，简直是度时如年了。深悲巨痛，就这样透过对时光漫长的独特感受，缓缓道出。其实，从傍晚至天黑，时间非常短暂，但是，在充满了悲愤、凄苦之情的词人心中，每一刻都难过、难熬。这就是心理时间的巨大作用。

梧桐更兼细雨，到黄昏、点点滴滴。这次第，怎一个愁字了得！

在古代诗人、词人的心中，梧桐永远是一个凄苦的意象。温庭筠《更漏子》（玉炉香）：“梧桐树，三更雨，不道离情正苦。”李煜《相见欢》：“无言独上西楼，月如钩，寂寞梧桐深院锁清秋。”他们都把梧桐当作一个悲情的象征。李清照也不例外。她的这首词，同样将梧桐置于一个悲愁的意境中。傍晚时分，细雨纷纷，点点滴滴，词人突然发问：这么多愁，怎么能用一个愁字概括得了呢？

我们前面品读过的词人，多用比喻写愁情，最有名者如贺铸，用“一川烟草，满城风絮，梅子黄时雨”三种意象写一种愁情。李煜用“问君能有几多愁，恰似一江春水向东流”形容愁情。总之，是以多写少，以有形写无形。但是，李清照却反其道而行之。全词结尾，不用任何一种比喻，只说“这次第，怎一个愁字了得”，戛然而止。似乎什么都没说，但是，它留给读者的想象却大大超过了“愁”字本身。

美辞玉屑

清照启：素习义方，粗明诗礼。近因疾病，欲至膏肓，牛蚁不分，灰丁已具。尝药虽存弱第，膺门惟有老兵。既尔苍皇，因成造次，信彼如簧之说，惑兹似锦之言。弟既可欺，持官文书来辄信。身几欲死，非玉镜架亦安知？僶俛难言，优柔莫决；呻吟未定，强以同归。视听才分，实难共处。忍以桑榆之晚节，配兹驵侩之下才？身既怀臭之可嫌，惟求脱去；彼素抱璧之将往，决欲杀之。遂肆侵凌，日加殴击。可念刘伶之肋，难胜石勒之拳。局地叩天，敢效谈娘之善诉；升堂入室，素非李赤之甘心。外援难求，自陈何害？岂期末事，乃得上闻。取自宸衷，付之廷尉。被桎梏而置对，同凶丑以陈词。岂惟贾生羞绛灌为伍，何啻老子与韩非同传？但祈脱死，莫望偿金。友凶横者十旬，盖非天降；居囹圄者九日，岂是人为？抵雀捐金，利当安往？将头碎壁，失固可知。实自谬愚，分知狱市。此盖伏遇内翰承旨，搢绅望族，冠盖清流，日下无双，人间第一。奉天克复，本缘陆贽之词；淮蔡底平，实以会昌之诏。哀怜无告，虽未解骖，感戴鸿恩，如真出己；故兹白首，得免丹书。清照敢不省过知惭，扪心识媿？责全责智，已难逃万世之讥；败德败名，何以见中朝之士？虽南山之竹，岂能穷多口之谈？惟智者之言，可以止无根之谤。高鹏尺鷃，本异升沉；火鼠冰蚕，难同嗜好。达人共悉，童子皆知。愿赐品题，与加湔洗。誓当布衣蔬食，温故知新。再见江山，依旧一瓶一钵；重归畎亩，更须三沐三薰。忝在葭莩，敢兹尘渎。

——〔宋〕赵彦卫《云麓漫抄》卷十四《投内翰綦公崇礼启》

小重山

〔宋〕岳飞

昨夜寒蛩（qióng）不住鸣。惊回千里梦，已三更。起来独自绕阶行。人悄悄，帘外月胧明。

白首为功名。旧山松竹老，阻归程。欲将心事付瑶琴。知音少，弦断有谁听。

岳飞作为一代名将，留下的词作不多，除名作《满江红》（怒发冲冠）外，还有一首《小重山》（昨夜寒蛩不住鸣）。

《小重山》，词牌名。唐人常用此曲写宫女幽怨。全词五十八字，上下片各四句，四平韵。换头句，较上片起句少二字，其他各句上下片字数相同。

上片，起句，“昨夜寒蛩不住鸣”，写词人通宵听着“寒蛩”不停地哀鸣，实际是委婉地说自己昨晚彻夜未眠。其中有几个重要词：一是“寒”。“寒蛩”是秋天的蟋蟀，仅此一字，点明了深秋季节。“寒蛩不住鸣”，是“寒蛩”受不了深秋时节的寒冷，特别是半夜，气温降到一天之中最冷的时候，寒蛩“凄切”之声更甚。二是“不住”。“不住”，不停。能听见“寒蛩”“不住鸣”，既写了夜色的宁静，又写了词人的长夜不眠，同时渲染了悲凉的气氛。

惊回千里梦，已三更。

“惊回”，惊醒。“千里梦”，梦中正在千里之外的战场上杀敌鏖战。惊醒了自己千里之外沙场杀敌之梦，恰恰是“三更”时分。此句中的“惊”字，用得妙。彻夜未眠，何来“惊回”？原因是词人并非完全清醒地未眠，而是迷迷糊糊，入睡太浅，一阵“寒蛩”凄厉的鸣声，顿时惊醒梦中人。“已三更”三字，进一步明确夜之深。古人夜晚计时，以更为率。19 点到 21 点是头更，21 点到 23 点是二更，23 点到次日凌晨 1 点是三更，也就是我们常说的半夜，“三更半夜”这个成语因此而来。凌晨 1 点至 3 点，是四更，凌晨 3 点到 5 点，是五更。

起来独自绕阶行。

无法入眠，词人只能默然起身，绕着台阶，踽踽独行。“独”字用得巧妙。岳飞是南宋初期抗战派的杰出代表，虽然当时有一批人力主抗金，但是这批人中战功最显赫的是岳飞，声音最大的也是岳飞。“岳家军”的节节胜利，大大鼓舞了南宋军队的士气，使得一心只想通过议和过上太平日子的宋高宗赵构对岳飞既想加以利用，又于犹豫不决中百般限制：当金兵大举南侵，威胁到南宋小朝廷时，高宗赵构利用岳飞抵御金兵，保护一偶的偏安；当金人力量不足，不能灭宋之时，金人欲以“议和”使自己的利益最大化，此时坚决主战的岳飞又成了宋高宗与金人妥协的最大障碍。

岳飞写作这首《小重山》时，高宗尚未痛下杀手，但因正处于宋金“议和”而不准动兵的关键时期，岳飞被迫停战，大好的抗金复国形势，眼看就要付之东流。

因此，岳飞夜不能眠，三更半夜，起身绕阶独行。“独”字，写出了岳飞的孤独感。“众人皆醉我独醒，举世皆浊我独清。”家国命运，岂是一人可左右、可挽回的？

上片，结句，“人悄悄，帘外月胧明”，默默无语，只有“帘外”的月光，朦朦胧胧。

下片，换头，“白首为功名。旧山松竹老，阻归程”。年轻时就渴望一展宏图，收复故国，还都汴梁。可是，几十年一晃而过，如今已是“白首”，“功名”却仍未建。其实，岳飞战功卓著，是南宋最年轻的一方统帅，岂能说未建“功名”？但是，岳飞笔下的“功名”有其特定的含义，那就是收复失地，重返故都。正因为岳飞以此作为“功名”的标准，所以，他才感慨自己“白首为功名”。“白首”，即头发白，泛指老年。此写自己即使“白首”，仍然为建功立业而愿再上战场，杀敌报国。

但是，这一愿望却很难实现。“旧山松竹老，阻归程。”“旧山”，故乡的山，指故乡。故乡的“松竹”都已老去，自己却因金兵占领，不得还乡，连回乡看看故乡的可能性都被剥夺了。“松竹老”，即是桓温北伐时的感慨：“树犹如此，人何以堪？”什么力量在“阻归程”呢？岳飞没有说，但是，了解宋史者，了解岳飞者，人人都明白，谁在阻拦爱国将领收复失地？谁在拖延时间不许迎回二帝？

下片的“白首为功名。旧山松竹老，阻归程”道出了这首词的写作时间应当在岳飞晚年。一位白首将军，仍心存报国之志，但却无报国之门，连自己北方的故乡都无法回去。

下片结尾三句，“欲将心事付瑶琴。知音少，弦断有谁听”用了俞伯牙和钟子期的典故。自己想将心事寄寓在琴声中，可惜的是知音少，即使弦弹断了，又会有谁来听呢？

“心事”，复国讨金的大计。“付”，托付。“瑶”，美玉。“瑶琴”，用美玉装饰的琴。“知音”，懂得自己琴音之人，知己。《列子·汤问》记载：俞伯牙是一位技艺高超的琴师，钟子期是一位善于听琴的音乐家。俞伯牙琴音志在高山，钟子期说：“峨峨兮若泰山。”俞伯牙琴音志在流水，钟子期说：“洋洋兮若江河。”

俞伯牙心里想着什么，钟子期都能在琴声中听出来，从未有过失误。一次，俞伯牙从泰山之北登山，突然遇到暴雨，于是，他在山下休息，心中有些悲凉，抚琴而弹，谈了一曲连绵不断的大雨旋律，接着弹了一曲山崩的旋律。钟子期精准地讲出了曲中的含意。俞伯牙放下手中的琴，对钟子期感叹说：您听我弹的曲子，就像看我的心一样，我还有什么心声可以逃过您的耳朵呢？

据说，钟子期死后，俞伯牙终生不再弹琴，因为世间再无知音。

从此，俞伯牙和钟子期成为中国古代知音、知己的代表。

岳飞这首词的最后引用这一典故，慨叹自己没有钟子期那样的知音，即使把琴弦弹断，也无人来听。

这首词，虽然没有岳飞的《满江红》（怒发冲冠）名气大，但是，它是以婉约词的手法写就的爱国词，从内容上看，《小重山》（昨夜寒蛩不住鸣）和《满江红》（怒发冲冠）表达的思想感情是一致的。

美辞玉屑

伯牙善鼓琴，钟子期善听。伯牙鼓琴，志在登高山。钟子期曰：“善哉！峨峨兮若泰山！”志在流水。钟子期曰：“善哉！洋洋兮若江河！”伯牙所念，钟子期必得之。伯牙游于泰山之阴，卒逢暴雨，止于岩下；心悲，乃援琴而鼓之。初为霖雨之操，更造崩山之音。曲每奏，钟子期辄穷其趣。伯牙乃舍琴而叹曰：“善哉，善哉，子之听夫！志想象犹吾心也。吾于何逃声哉？”

——《列子·汤问》

卜算子·咏梅

〔宋〕陆游

驿外断桥边，寂寞开无主。
已是黄昏独自愁，更著风和雨。
无意苦争春，一任群芳妒。
零落成泥辗作尘，只有香如故。

中国人对梅花的情结自古就有，梅、兰、竹、菊“四君子”，梅雄居第一，“岁寒三友”松、竹、梅，梅在其列。在中国古代文人心目中，梅花始终是最具傲骨、最有气节的圣洁之花。本来，不惧严寒、不惧环境恶劣是梅花的自然属性，但是人们赋予了梅花社会属性，赋予了梅花高洁的人格。

欧阳修的《踏莎行》，第一句即是“候馆梅残”：

候馆梅残，溪桥柳细，草薰风暖摇征辔。离愁渐远渐无穷，迢迢不断如春水。

寸寸柔肠，盈盈粉泪，楼高莫近危阑倚。平芜尽处是春山，行人更在春山外。

当万物复苏、“草薰风暖”、春花烂漫的时刻，梅花已是“残梅”，走完了生命的历程，它不属于春天。当它凋零的时刻，春天才刚刚降临。

王安石的《梅花》：

墙角数枝梅，凌寒独自开。

遥知不是雪，为有暗香来。

既然热闹的春日不是梅花的季节，那么它注定要与霜雪为伴，孤独地吐露着它的芬芳。

宋代作家咏梅花者并非少数，而且，宋代作家咏梅花者多是政治上欲有所作为而很难有所作为的人。一位政治家，想做事，能做事，而且能够做成事，三者俱备，这是最为困难的。所以，他们不得不把自己的一腔热血、一怀愁绪寄托在高洁而又寂寞、美丽而又孤独的梅花身上。

陆游的《卜算子 · 咏梅》，同样是中国古代最为著名的咏梅词之一。

这首咏梅词带有陆氏的特殊风格，这和陆游的出身、经历、遭遇高度吻合。

陆游是南宋少有的高产作家、长寿作家、爱国作家。一个人的成就当然和他的才气密不可分，更和他的努力紧紧相连，但是，一个人的历史地位，往往与他能否与时代同步密切相关。

南宋最大的现实是外患，南宋前期、中期，整个北中国为金兵所占，后期又面对着更加强悍的元兵南下，最终亡于蒙古铁骑之下。这个最大的历史现实贯串了整整南宋一代。陆游恰恰是力主收复北方失地的铁杆主战派，这一点，成就了陆游的历史地位，包括文学史地位，同时，也使他备受打击。残酷的历史现实与个人遭遇，让陆游的一生充满着义愤与悲情、不满与抗争、遗恨与无奈。

《卜算子·咏梅》正是陆游备受压制、打击后自勉、自励的宣言。

先看词牌，《卜算子》也叫《百尺楼》《眉峰碧》等。双调，四十四字，上下片各两仄韵。

上片首句，“驿外断桥边”。“驿”，驿站，供驿马或者官员外出中途休息的处所，古代从都城通往四面八方有非常完备的驿站系统。“驿外”，即荒僻之地。“断桥”，损毁之桥。“驿外”“断桥边”，点明梅花生长的恶劣环境。

次句，“寂寞开无主”。“寂寞”，点明梅花生活环境的孤独、冷落。“无主”，是无人照料的野生梅花，自生自灭，无人关照，亦无人欣赏。“开”，写梅花按时绽放。不管环境多么恶劣，她仍然毫不犹豫地适时绽放。这一句，不但更深一层地渲染了梅花生存环境的恶劣，而且写出了高贵的梅花由于开在“驿外断桥边”，竟然得不到应有的尊重和赏识，这令词人十分惋惜。当然，这一句绝非仅仅写梅花，词人自己不受朝廷的重用，长期落职闲居的悲愤，已经蕴含在其中了。

第三、四句，“已是黄昏独自愁，更著风和雨”，再进一步写梅花生存环境的恶劣。前两句只是从梅花的生长地来写，这两句是从梅花遭受的外在打击来写。“黄昏”，在中国古代作家的笔下是一个令人伤感的时间段，它是一日将尽之时，对时间的敏感让人们对黄昏有着独特的感受。黄昏时候，“驿外断桥边”的梅花，更显得寂寞、孤独，而且，这种寂寞、孤独之情无人知晓、无人理解，是“独自”之“愁”。何况，这还是一个风雨交加的黄昏。“更”，又。“著（zhuó）”，同“着”，承受。

下片四句，写梅花自信、坚毅、傲然挺立的风骨。

“驿外断桥边”的梅花，无论环境多么恶劣，仍然坚持绽放。她的绽放，并非要和春天的百花争个高下，“无意苦争春”正是这种心境的自然流露。梅花本来就不属于春天，当春天来临，百花竞放之前，她默默地绽放在荒郊野外。当百花竞开之时，她已经开始凋零了。因此，她不屑于和“群芳”争宠，并任由其嫉妒。

百花再争宠，都不可能凌寒傲霜，绽放在严冬之中，这才是她“一任群芳妒”的底气所在，也是她不屑于和“群芳”争宠的真正原因。其实，这里的“群芳”，不仅仅是指自然界的百花，而且喻指南宋朝廷中的主和派。他们对坚决主战的陆游百般打压，陆游对此感受极深，便把自己这种感受寄寓在遭受风雨打击的梅花身上。

纵使冬去春来，梅花凋零，落红被人踏车辗，化为尘土，但其香味却留在了人间。“风住尘香花已尽”，愿留清香在人间。

陆游这首咏梅词能在中国古代众多的咏梅词中脱颖而出，不在于其他，正在于其格调高雅。他笔下的梅花，不怕环境恶劣，不惧风雨交加，不与百花争名夺利，即使零落人间，化为尘土，也要留下清香。其高尚的气节与清冷的傲骨令人赞赏。赋予梅花高洁人格的陆游，词中的梅花即是他的自我写照。

美辞玉屑

落梅

〔宋〕陆游

雪虐风饕愈凛然，花中气节最高坚。
过时自合飘零去，耻向东君更乞怜。

醉折残梅一两枝，不妨桃李自逢时。
向来冰雪凝严地，力斡春回竟是谁？

诉衷情

〔宋〕陆游

当年万里觅封侯，匹马戍梁州。关河梦断何处？尘暗旧貂裘。

胡未灭，鬓先秋，泪空流。此生谁料，心在天山，身老沧洲。

陆游的可贵在于“痴”：一是痴心不改，二是痴情不变。所谓痴心不改、痴情不变，指陆游一生都梦想着沙场杀敌，一生都梦想着收复故土，因此，才会留下绝笔诗《示儿》：

死去元知万事空，但悲不见九州同。

王师北定中原日，家祭无忘告乃翁。

《诉衷请》（当年万里觅封侯）是陆游又一首充满“痴”情的爱国词。

《诉衷情》，词牌名。原是唐教坊曲。晚唐温庭筠取《离骚》“众不可户说兮，孰云察余之中情”之意，创制了此调。双调四十四字，上下片各三平韵。

首句，“当年万里觅封侯”。“当年”，指宋孝宗乾道八年（1172）三月，应四川宣抚使王炎之请，陆游到宣抚使治所汉中任职。陆游是当年三月到达，同年十一月二日离去，总共才八个月。但是，这八个月对陆游的一生具有特殊意义。

“万里觅封侯”，用了《后汉书·班超传》的典故：

永平五年，兄固被召诣校书郎，超与母随至洛阳。家贫，常为官佣书以供养。久劳苦，尝辍业投笔叹曰：“大丈夫无它志略，犹当效傅介子、张骞立功异域，以取封侯，安能久事笔研间乎？”

班超的哥哥班固，永平五年（62）被任命为校书郎。班超和母亲随哥哥一块儿来到京城洛阳。当时，班超家中虽有班固入仕，但全家的生活依然比较艰辛。

傅介子，元帝时使西域，刺杀楼兰王，封义阳侯。张骞，武帝时凿空西域，封博望侯。后来班超随窦固出击北匈奴，又奉命出使西域，历时三十一年，平定西域五十余国，为西域的回归、民族的融合做出了巨大贡献，封定远侯。

从另一个角度看，汉中，对于家居绍兴的陆游来说，可谓“万里”之遥，词中用“万里”，虽为夸张之语，但也并非全无道理。“觅封侯”，找机会封侯。陆游的汉中从军，不能说全无封侯之意，但是，陆游的初心并非为“封侯”而来，杀敌报国才是其根本之义。陆游晚年回忆起当年汉中从军一事，心中依旧充满了幸福自豪之感。

“匹马戍梁州”。“匹马”，写自己一人一骑，到达汉中。“梁州”，《禹贡》首创的华夏地理的九州之一，指今四川盆地、汉中及云贵地区一带。陆游到达的汉中，即属梁州。这一句写自己轻车简从，到达抗敌的第一线。

这首词上片开篇的两句，写得豪气干云，十分得意，毕竟回首的是平生最值得回味、最值得骄傲的汉中从军这段历史。虽然只有短短八个月，但这是陆游一生唯一一次到达宋金对峙的第一线，而且还有过一场遭遇战。这对于一生渴望收复失地的陆游来说，当然是最值得骄傲的一段历史。

关河梦断何处？尘暗旧貂裘。

“关河”，指边地。“梦断”，梦醒。如今只有在梦中，才能回忆起边地。“何处”，人在何地呢？当年之事，如今仅存梦中。“尘暗旧貂裘”，貂皮裘落满灰尘，颜色暗淡。此用《战国策·秦策》苏秦的典故：

说秦王书十上而说不行。黑貂之裘敝，黄金百斤尽，资用乏绝，去秦而归。羸滕履蹻，负书担橐，形容枯槁，面目犁黑，状有归色。归至家，妻不下纴，嫂不为炊，父母不与言。

陆游用此典，意在说明自己征袍暗淡，久不使用。

上片四句，前两句的豪气冲天，后两句的万般无奈，对比十分鲜明。

下片换头三句，“胡未灭，鬓先秋，泪空流”连用三个短句，节奏明快，声调短促，感情沉痛。“胡”，指金国。灭我大宋，虏我二帝，此为国仇。可悲的是自己国仇未报，鬓发斑白，已入老年。“秋”，秋天叶落，此指鬓发斑白，人至暮秋之年。“泪空流”，只能白白流泪，无处发力。这是词人真正的悲伤所在。尽管自己一生为抗敌复国鼓与呼，一生为雪耻复仇竭尽全力，最终只落得空自流泪的结局。内心的伤痛唯有自知，内心的悲愤唯有自知。

“胡未灭”和“鬓先秋，泪空流”，三句之中，又形成一个小的对比。

此生谁料，心在天山，身老沧洲。

“此生”，一生。人的一生很短，但也很长。漫长的一生之中，自己最想办的事，竟然始终未能办成。“谁料”二字，写尽了词人对自己早年政治幼稚的无限悔恨。这便是《书愤》一诗中所说的“早岁那知世事艰”，尽管“中原北望气如山”，最终却落得“心在天山，身老沧洲”。词中的“天山”，不仅指地理上的天山，更指远山。同理，“沧洲”，不仅指地理上的“沧洲”，更指代近在咫尺的家乡。心在天山之上，人却老在“沧洲”之地，这是词人最不甘心的事，也是最无奈的事。

陆游的这种爱国痴情，不仅表现在他的这首词中，而且也表现在他的一些诗作中。比如《十一月四日风雨大作》：

> 僵卧孤村不自哀，尚思为国戍轮台。
>
> 夜阑卧听风吹雨，铁马冰河入梦来。

这首诗是陆游晚年所作。如题目所示，所写仅仅是一个普普通通风雨交加的夜晚，但这个夜晚却引发了陆游的浮想联翩。

首句的“僵卧孤村”四个字，写尽了一位老人的衰老和凄凉。“僵”是所有老人年迈之际最典型的衰老体征，“僵卧”是所有老人残年余力的典型表现。“不自哀”，即“不哀自”，不对自己的衰老感到悲伤。这对一位老人来说，已经非常不易了。人未老之时，根本无法体会到自己衰老之时，每天必须面对的种种痛苦。

既然不惧衰老，那么，诗人还有什么可挂念的事呢？第二句点了出来：“尚思为国戍轮台。”“尚思”，还想着。“轮台”，在今天的新疆，是中国汉代西域都护府的所在地。

第一句写自己“僵卧孤村”，可谓年迈几至极点。第二句陡然一转，竟然要为国戍边，所戍之地又是极远极远的轮台。首句极言其老，次句极言其报国志向的坚定。两句强烈的对比，勾勒出一位爱国老人的拳拳之心，令人热泪盈眶。

第三、四句顺流而下，一气呵成：“夜阑卧听风吹雨，铁马冰河入梦来。”“夜阑”，夜深。夜深人静，风雨交加，诗人却认为这风雨之声，犹如“铁马冰河”的战场。“入梦来”三字，点明这是梦中所思、所见、所闻。

一词一诗，相互印证，我们仿佛看见了一位年迈的长者渴盼的眼神，仿佛听见了他呐喊的心声。从一千年前屈辱而悲愤的岁月里，陆游，怀着真挚而热烈的爱国之情，正缓缓向我们走来……

美辞玉屑

书愤

〔宋〕陆游

早岁那知世事艰？中原北望气如山。

楼船夜雪瓜洲渡，铁马秋风大散关。

塞上长城空自许，镜中衰鬓已先斑。

《出师》一表真名世，千载谁堪伯仲间？

破阵子·为陈同甫赋壮词以寄之

〔宋〕辛弃疾

醉里挑灯看剑，梦回吹角连营。八百里分麾下炙，五十弦翻塞外声。沙场秋点兵。

马作的卢飞快，弓如霹雳弦惊。了却君王天下事，赢得生前身后名。可怜白发生。

辛弃疾是宋代词人中能够领兵打仗的将军，是将军中能够赋诗填词的词人。他率兵南归以后，始终不被重用。

宋孝宗淳熙十五年（1188），辛弃疾的挚友陈亮专程到铅山与罢官闲居的辛弃疾相聚，二人同议国事，共抒情怀。这首词就是二人分手时辛弃疾写给陈亮的共勉词。陈亮，字同甫，故称“陈同甫”。“壮词”，是壮怀激烈之词。

这首词是辛弃疾爱国词的代表作，是宋代豪放词的代表作。

我们先看这首词的上片：

醉里挑灯看剑，梦回吹角连营。八百里分麾下炙，五十弦翻塞外声，沙场秋点兵。

上片的第一句“醉里挑灯看剑”，“挑灯看剑”是急欲上阵杀敌的壮怀的表现，是一位爱国志士披肝沥胆、忠心不贰、勇往直前的内心自许。

辛弃疾自1181年被削职罢官，回乡闲居已整整七年之久了，但是一腔报国热情丝毫未减，因此才有“挑灯看剑”之举。唐宋诗人多以“看剑”“把剑看”表达自己渴望战场杀敌的愿望。

但是，这一句在“挑灯看剑”之前尚有“醉里”二字，表明词人只能在“醉里”“看剑”。这，真是一个莫大的讽刺。词人壮志难酬、报国无门的无限悲愤从“醉里挑灯看剑”一句中立即透

露了出来。

第二句“梦回吹角连营”，“梦回”，是梦醒。“吹角连营”，写梦醒之后，连绵的军营中，号角声此起彼伏。

这两句表明，词人重整山河、再造乾坤的宏伟抱负无法在现实中实现，只能借助于梦、借助于幻想才能实现。

上片的后三句，继续写梦醒之后回忆梦中之事：

八百里分麾下炙，五十弦翻塞外声。沙场秋点兵。

“八百里分麾下炙”。“八百里”用了《世说新语·汰侈》中的典故。晋代王恺有一头牛，名“八百里驳”。王恺非常珍爱这头牛，对这头牛的角和蹄常常加以装饰。有一次，另一位名士王济对王恺说：我的射箭技艺远不如你，这你知道。今天我和你赌一把，你用“八百里驳”，我掏一千万，分别下注。王恺自恃手快，加上他自信这么名贵的牛绝对不会被杀，便答应了王济的挑战。结果，王济一箭中的，赢了赌局，立即下令将“八百里驳”杀死，挖出牛心，烤熟后只吃了一块牛心肉，便扬长而去。

王济之举完全不可取，这种作为，连当时人都看不过去，将其事列入《世说新语·汰侈》篇。“汰侈”的意思是过于奢华。

“麾下”，部下。“炙”，烤肉。“八百里分麾下炙”，是说自己将用最好的烤牛肉慰劳将士，鼓舞士气。

“五十弦翻塞外声”。“五十弦”，原指瑟，这里泛指各种军乐。“翻”，演奏。“塞外声”，指各种军乐声。这一句写军中鼓乐齐鸣，慷慨悲壮。

上片的最后一句“沙场秋点兵”，“沙场”，战场。“点兵”，阅兵。此句说明如此激烈的场面是战场上正在阅兵。

下片前二句，继续写战场阅兵的盛况：

马作的卢飞快，弓如霹雳弦惊。

“的卢”，马名，历史记载的名马，据《三国志·蜀书·先主传》注引《世语》记载：刘备屯兵樊城时，荆州刺史刘表虽然表面上礼遇他，但因嫉妒，并不信任他。刘表的部下蔡瑁想借刘表宴请的机会杀掉刘备，再搞一场“鸿门宴”。刘备发现后，假装如厕，骑的卢马抄小道逃走。跑到襄阳城西的檀溪时，陷入泥潭。刘备心急如焚，对的卢马说：今天有大难，你可要好好努力啊。的卢马似乎听懂了刘备的这番话，一跃而出，刘备得以脱身。

“作”，是像什么一样。这句是说阅兵的战马个个像的卢马一样，跑得飞快。“霹雳”，指又急又响的雷。这里形容拉弓开箭的声音。这两句合起来写战马急驰如飞，弓弦声响如雷。

这首词到这儿，已经写完了梦境中战场阅兵的事。

下片的第三、四句“了却君王天下事，赢得生前身后名”是写自己的愿望。自己的愿望是，完成君王收复故土、恢复中原的大事，为自己赢得生前身后的好名声。

但是，词人所写的这一切，都是在梦中所想之事，并不是现实中实有的事。因此，下片最后一句直接点明：

可怜白发生。

可惜我的头发都等白了，驰骋疆场、收复故土的重任始终没有等来。

这首词共十句，只有第一句和最后一句写的是现实，其余八句写的全是梦境。词人将梦境写得酣畅淋漓，自己的爱国之心和豪情壮志都表现得非常充分。结句跌回现实，让梦境和现实形成强烈的对比，也让自己壮志难酬的一腔悲愤表露无遗。

这首词虽然自称“壮词”，可实际上是悲词；表面上是奉寄给陈亮的，实际上暗寓了自己的悲伤。

美辞玉屑

备屯樊城，刘表礼焉，惮其为人，不甚信用。会请备宴会，蒯越、蔡瑁欲因会取备，备觉之，伪如厕，潜遁出。所乘马名的卢，骑的卢走，堕襄阳城西檀溪水中，溺不得出。备急曰：“的卢，今日危矣，可努力！”的卢乃一踊三丈，遂得过，乘桴渡河，中流而追者至，以表意谢之：“何去之速乎！”

——〔晋〕陈寿《三国志 · 蜀书 · 先主传》引《世语》

南乡子·登京口北固亭有怀

〔宋〕辛弃疾

何处望神州？满眼风光北固楼。千古兴亡多少事？悠悠。不尽长江滚滚流。

年少万兜鍪，坐断东南战未休。天下英雄谁敌手？曹刘。生子当如孙仲谋。

这首词的词牌是《南乡子》，题目是《登京口北固亭有怀》。“京口”，就是今天的镇江。“北固亭”，今镇江市北固亭。此亭下临长江，三面环水，登亭可凭栏北眺。“有怀”，即有感。

这首词在写法上有一大特点，即全词由三问三答组成。

第一问即是第一句：

何处望神州？

在哪里可以看到中原呢？“神州”，这里指中原。这一问已经透露出词人心中一直关注的重点是中原大地。这一问同时也隐含了另一问：词人为什么一直关心中原呢？因为中原故地已被金兵占领了多年；因为中原故地一直未被收复；因为自己被迫退休多年，已经多年未能眺望中原故地了。词人收复中原的愿望一开篇就已经透露出来。

换句话说，词人登上北固楼，什么都不想望，什么都不愿望，只想看到自己最想看的东西。什么是他最想看的东西呢？中原，已被金人占领的中原。仅此一句，爱国之志、复兴之愿表露无遗。

有问必有答，词人的第一答是：

满眼风光北固楼。

这一答，点明了自己登楼眺望的地点是北固楼，“满眼风光”盛赞中原的美丽。第一句说明自己最想看到的是现在已经失去的中原大地，第二句盛赞中原大地风光无限，这一问一答已经把一位志士的爱国情怀表达得淋漓尽致了。辛弃疾写这首词的时间是1204年，这一年的三月，他从绍兴知府兼浙东安抚使改任镇江知府，三年以后的1207年辛弃疾病故。换句话说，写这首词时辛弃疾已经进入生命的倒计时。一个人在生命的最后阶段，仍念念不忘收复中原故土，爱国的壮怀当不用细述了。

从绍兴知府到镇江知府，这是辛弃疾最后一次出现在南宋的政治舞台上了。

辛弃疾1140年出生时，北宋已经灭亡（1127）十三年了，他的家乡山东历城（今山东济南）早已为金兵所占。他二十一岁参加抗金义军，不久南归，历任湖北、江西、湖南、福建、浙东安抚使等职。

辛弃疾的一生坚决主张抗金。他曾写《美芹十论》《九议》等奏疏，分析当时的政治军事形势，驳斥妥协投降的谬论；要求加强战备，鼓励士气，以图恢复中原。他提出的抗金建议均未被采纳，并遭到主和派的打击，中年时曾长期落职闲居在江西上饶、铅山一带。一直到宋宁宗即位后，权臣韩侂胄起用了一批主战派官员，家居多年的辛弃疾才有了绍兴知府、镇江知府的任用，但是，此时已是辛弃疾生命的晚年了。

当时的镇江已经成为南宋与金人对垒的第二道防线，辛弃疾登临京口北固亭，眺望江北的故国，心情十分复杂，不胜感慨。

这才有了这首词的第二问、第二答：

千古兴亡多少事？悠悠。不尽长江滚滚流。

这第二问第二答具有双重意义：

一是饱读诗书的辛弃疾回顾历史上的千古兴亡之事，倍感往事悠悠，英雄往矣，只有这无尽的江水依旧滚滚东流。

二是词人胸中的无尽的愁思和感慨，犹如这奔流向前的滔滔江水，永无止息。

“不尽长江滚滚流”一句，借用了杜甫《登高》中的诗句：“无边落木萧萧下，不尽长江滚滚来。”词人在“不尽长江滚滚流”之前，又加上了“悠悠”二字，意味深长。“悠悠”二字兼有时间的漫长和个人思绪绵绵的双重意义。

下片，从上片的登临过渡到怀古。

“年少万兜鍪，坐断东南战未休”，从上片概述的“千古兴亡”之事中拈出了孙权。据史书记载，孙权十九岁治理江东，西征黄祖，北抗曹操。二十七岁时，赤壁一战，大败曹军。雄踞东南，不断征战，不断胜利，这就是辛弃疾十分景仰的“战未休”。这和苟安求和、不图进取的南宋政权简直不可同日而语。一个“十九”，一个“二十七”，坐实了“年少”二字。“兜鍪”，是古代战士戴的头盔。秦汉之前叫胄，后世称兜鍪。“万兜鍪”即千军万马。“坐断”，指占据。辛弃疾歌颂孙权虽然只独据江南一隅，仍然具有以一隅制衡天下的雄才，庸碌无能、苟且偷安的南宋政权与其相差得实在太远太远。

这首词的第三问第三答是：

天下英雄谁敌手？曹刘。

这里的“天下英雄”，是指词人一再夸赞的孙权。将孙权称作

“天下英雄”，是词人写作这首词的主旨。同时，为了突出孙权“天下英雄”的地位，词人特意抬出了另两位英雄曹操和刘备。据《三国志·蜀书·先主传》记载：曹操曾对刘备说过两句话：“今天下英雄，惟使君（刘备）与操耳。”意思是，当今天下的英雄只有您刘备和我曹操两个人。辛弃疾这首词借用这段历史故事，点出天下英雄除了刘备和曹操，还有孙权。其实，在这三人之中，曹操各方面都完胜刘备、孙权。曹操的政治谋略、军事才能、文学成就都是刘备、孙权无法相比的。但是，词人站在孙权当年占据的镇江填写这首词，歌颂当年以东南一隅抗衡北方强敌的孙权，必然要关系到曹操、刘备，也是这首词本身的需要。

最后，词人再夸一句：

生子当如孙仲谋。

孙权，字仲谋。据《三国志·吴书·吴主传》注引《吴历》记载：建安十八年（213）春正月，曹操进军东吴，号称步骑四十万。孙权派部将率兵七万御曹，双方相持了一个多月。曹操看见孙权的军队、战船、兵器都十分整齐，非常感慨地说：“生子当如孙仲谋，如刘景升儿子豚犬耳。”意思是，生儿子应当生一个像孙权这样的儿子，像刘表的儿子简直就是猪狗。曹操对敢于和自己叫板的孙权，从心底里佩服，对不战而降的刘表的儿子刘琮十二分瞧不起，将其贬为猪狗。

辛弃疾其实是借曹操之口，讽刺南宋主政大臣都是如刘表的“熊孩子”一类的窝囊废。但是，辛弃疾只引用了曹操这句话的前半句“生子当如孙仲谋”，后半句“如刘景升儿子豚犬耳”却未加引用，一方面是因词的字数所限，更重要的一方面则是有意回避，让读者能够不言自明，这就叫曲尽其录，意在言外。曹操这两句话在历史上非常有名，凡读过三国史者皆知，因此，词人引用前句而略去后句，丝毫不妨碍读者对后句的认知。

孙权受到辛弃疾如此看重，是因为他“坐断东南”的局面和南宋苟安江南的状况非常相似。凭吊古人，从来都是为了评论今人，辛弃疾将孙权当作三国时代叱咤风云的第一英雄加以颂扬，突出其盖世之才、宏大抱负、英雄气概，目的还是抨击南宋政权中只图苟且偷安、胸无大志的权臣。

美辞玉屑

登高

〔唐〕杜甫

风急天高猿啸哀，渚清沙白鸟飞回。
无边落木萧萧下，不尽长江滚滚来。
万里悲秋常作客，百年多病独登台。
艰难苦恨繁霜鬓，潦倒新停浊酒杯。

永遇乐·京口北固亭怀古

〔宋〕辛弃疾

千古江山，英雄无觅，孙仲谋处。
舞榭歌台，风流总被，雨打风吹去。
斜阳草树，寻常巷陌，人道寄奴曾住。
想当年，金戈铁马，气吞万里如虎。

元嘉草草，封狼居胥，赢得仓皇北顾。
四十三年，望中犹记，烽火扬州路。
可堪回首，佛(bì)狸祠下，一片神鸦社鼓。
凭谁问，廉颇老矣，尚能饭否？

辛弃疾的一生可以分为三个阶段：刚刚南归的青年时期，由于他的壮举，受到了一定程度的重视，担任过南宋一些地方官员。中年时期，因坚决主张抗金而长期落职闲居，将近二十年。晚年时期，奉命出山，参与北伐，但已进入老境，无大作为。

这首词是他晚年（1205）之作，作于镇江知府任上。它是辛词中最为重要的作品，备受后人称赞。

京口，今江苏镇江。汉献帝建安十三年（208），吴主孙权曾在这里建都。

辛弃疾的晚年有着非常浓重的“孙权情结”。这种情结和当时南宋的政治局面息息相关。孙权据江东一隅之地与中原的曹操长期抗衡，此举深受辛弃疾的推许。因此，本词上片开篇三句，即从怀念孙权起笔：

千古江山，英雄无觅，孙仲谋处。

从孙权建都京口的 208 年，到辛弃疾写作这首词的 1205 年，时间过去了近一千年，词中以“千古”相称，大体不差。千年以来，江山时移事易，再也无法找到当年的雄主孙权的遗迹了。“英雄无觅”即是“无觅英雄”，因格律要求调换了前后的词序。孙权，字仲谋。赞孙权为“英雄”，正是辛弃疾晚年的“孙权情结”的具体表现。

舞榭歌台，风流总被，雨打风吹去。

“舞榭歌台”，歌舞演出的歌台，代指当年孙权的王宫。“榭”，建在高台上的房子。“风流”，流风余韵，这里指孙权的功绩。“雨打风吹”，代指时间的流逝。

“舞榭”三句，写当年孙权的赫赫功绩早已伴随着时光一去不返了。时间是把刀，姣好的容颜、令人艳羡的青春，都会被其夺去，同时，把岁月的痕迹深深地刻在你的脸上。英雄的功绩，犹如青春与美丽一样，也会一去不返。

以上六句用了孙权的典故。下面六句则用了另一位江东英雄的典故。

斜阳草树，寻常巷陌，人道寄奴曾住。

“斜阳”，落日。“寻常巷陌”，非常窄的路。古人以八尺为寻，倍寻（十六尺）为常，寻常是长度单位。此指极普通的街道。“寄奴”，刘裕小名寄奴。

这三句转写另一位立足江南、对抗中原的英雄宋武帝刘裕。刘裕是南朝刘宋王朝的开创者，他曾两次率兵北伐，灭掉南燕、后秦，收复洛阳、长安，一直打到关中，这是东晋南渡之后取得的重大胜利之一。

想当年，金戈铁马，气吞万里如虎。

刘裕曾在晋安帝义熙六年（410）灭南燕，义熙十三年（417）灭后秦。两次北伐的成功，为他积累了丰厚的政治资本，晋恭帝元熙二年（420），通过禅让，刘裕代晋自立，建宋，史称刘宋。“金戈铁马”，指兵强马壮。“气吞万里如虎”，写刘裕军队的气势强盛。

宋武帝刘裕一生征战无数，他所经历的战争大体上分为三类：一是应对、消灭孙恩、卢循起义；二是消灭南方各地的割据势力，如桓玄；三是北伐。刘裕的时代，东晋王朝已进入后期，内有割据势力，外有孙恩、卢循起义，想要北伐已有心无力了。但刘裕最终消灭了孙恩、卢循的起义，剪除了东晋内部的割据势力桓玄，并两次成功北伐，打入关中。词人用“气吞万里如虎”盛赞刘裕，其实是痛斥南宋王朝无人可和刘裕相提并论，叹息南宋掌权者实在是不如“气吞万里如虎”的宋武帝刘裕。

这首词的上片，极力歌颂孙权、刘裕两位在历史上以江南之地抗衡中原外族政权的历史人物，表达了自己对南宋政坛无人可用的深深失望和收复失地、誓死报国的强烈愿望。

从全词看，上片是怀古。

下片开篇三句写忧国：

元嘉草草，封狼居胥，赢得仓皇北顾。

这里表达了词人对时局的隐忧。虽然辛弃疾一生主张抗金，但是，愈到暮年，他愈谨慎，他并不主张未做好准备就仓促出兵的北伐。这是辛弃疾的可贵之处，仓促出兵往往会招致不必要的失败。

“元嘉草草”，指宋文帝刘义隆于元嘉七年（430）、二十七年（450）两次北伐。刘义隆是刘裕的第三子，继位后两次北伐均顺利打到河南一线。其中，元嘉七年攻下河南后，建立了河南四郡，但是，秋高马肥之际，北魏大军南下，宋军沿黄河一线部署，兵力分散，很快被北魏击溃。

“封狼居胥”，“封”，祭山。“狼居胥”，山名。“封狼居胥”，是中国古代对一位将军功成名就的肯定。西汉元狩四年（前119），卫青、霍去病各率五万大军出征匈奴。霍去病北进两千多里，与匈奴左贤王部交兵，歼敌七万余，追敌至狼居胥山，在狼居胥山祭天，史称“封狼居胥”，这是将军出征大获全胜的标志。

“仓皇北顾”，匆匆忙忙地南逃。“北顾”，回头北望。

本词中辛弃疾是借此告诫北征者，不要片面追求“封狼居胥”的成功，最终落得狼狈南逃的结果。

以下是伤今：

四十三年，望中犹记，烽火扬州路。

南宋高宗绍兴三十一年（1161），对于宋、金两个政权都是一个关键年。这一年，金主完颜亮大举南侵，此年辛弃疾二十一岁。他聚集两千人，参加耿京义军。完颜亮南侵，金国内部完颜雍趁机发动政变，自立为帝，完颜亮为部下所杀，金兵北撤。辛弃疾奉命与南宋联络，北归时闻耿京被杀，义军溃散，他义愤填膺，率五十多人突袭数万人的大营，生擒叛徒张安国，交朝廷处死，此时已为绍兴三十二年（1162）正月。

自此年至写作这首词的1205年，已有四十三年。“扬州路”，指淮南东路，这里指自己当年的南归之路。四十三年前的南归之路，烽火连天。

可堪回首，佛狸祠下，一片神鸦社鼓。

“佛狸祠”，北魏太武帝拓跋焘字佛狸，他曾于南朝宋文帝元嘉二十七年（450）大败宋军，率军至长江北岸瓜步山，并在山顶设毡房，大会群臣，后世在此修建祠庙。“神鸦”，栖息在神庙中觅食祭品的乌鸦。“社鼓”，古代春秋二季祭土地神的鼓声。这里是写当地人们已经忘记这是以谁的名义修的神庙，只顾祭祀。词人写这几句，实写时人苟且偷安，不顾国耻，不图恢复。这是伤今。

下片最后三句，写伤己：

凭谁问，廉颇老矣，尚能饭否？

战国时期，赵国名将廉颇受小人郭开的诬陷，被迫离开赵国来到魏国，但在魏国并不受重用。后来赵国陷入危机，赵王想再次起用廉颇，派使者前往探望，郭开收买了使者。尽管廉颇见赵使，“一饭斗米，肉十斤，被甲上马”，以示自己仍可上阵领兵。赵使却说：廉将军虽老，尚能饭，但是，和我坐这一会儿，三次去厕所。赵王以为廉颇老了，遂不再用。

辛弃疾这里以廉颇自比，感慨自己不如廉颇，连个询问的人都没有。自己虽已年迈，仍思为国效忠。

这首词从上片的怀古，到下片开篇三句的忧国，再到伤今、伤己，充满了爱国的豪情和伤感。

本词最大的特点是用典。无论是怀古还是忧国，伤今还是伤己，无不运用典故。这些典故的运用，让词人的感情表达，既明确又含蓄。由古到今，由国及身，怀古是明，忧国是暗，明暗交错，感情复杂而真挚。

稼轩词如《永遇乐·京口北固亭怀古》《南乡子·登京口北固亭》《浪淘沙·山寺夜作》《瑞鹤轩·南剑双溪楼》等类，才气虽雄，不免粗鲁。世人多好读之，无怪稼轩为后世叫嚣者作俑矣。读稼轩词者，去取严加别白，乃所以爱稼轩也。

——〔清〕陈廷焯《白雨斋词话》卷一

水龙吟·登建康赏心亭

〔宋〕辛弃疾

楚天千里清秋，水随天去秋无际。遥岑远目，献愁供恨，玉簪螺髻。落日楼头，断鸿声里，江南游子。把吴钩看了，栏杆拍遍，无人会，登临意。

休说鲈鱼堪脍，尽西风，季鹰归未？求田问舍，怕应羞见，刘郎才气。可惜流年，忧愁风雨，树犹如此！倩何人唤取，红巾翠袖，揾英雄泪？

《水龙吟》，词牌名。“建康”，今南京。“赏心亭”，在今南京市建邺区水西门广场西侧外，始建于宋代。词题“登建康赏心亭”，可见这首词是一首登临之作。

这首词的起句，境界十分阔大：

楚天千里清秋，水随天去秋无际。

词人从整个楚地的天与水入笔，这种博大的眼界缘于博大的胸怀，博大的胸怀缘于词人是一位爱国将领，二十一岁便投身于杀敌报国的伟大事业之中。这使辛弃疾和南宋其他爱国词人相比，大不相同。南宋爱国词是南宋词的一道亮丽的风景线，但是，绝大多数爱国词人没有上过前线，没有杀过敌，没有见过血，或者只有短暂的从军经历，他们词中的胸怀和感情与辛词中的不可同日而语。

在词人笔下，“楚天千里清秋”，“楚天”，点明作者放眼所见之地，“千里清秋”，是此时“楚天”最突出的特点。因为词人是登楼远眺，视野极为开阔，因此，视通“千里”不是难事。“千里”“楚天”，一派“清秋”。

“水随天去秋无际”道出了秋景茫茫，无边无际。站在赏心亭上，放眼望去，江水一直流向天边。秋色无边，水去无涯，一派江南清秋美景。

面对如此清丽的秋景，面对如此浩大的江天一景图，词人看到的却是满目愁情。“遥岑远目，献愁供恨，玉簪螺髻。”“遥岑”，远山。“远目”，放眼望去。唐代诗人韩愈、孟郊《城南联句》中有“遥岑出寸碧，远目增双明”，辛词用语当出于此诗。诗的原意说：远处的座座山峰，只像一寸高的碧山。送目远眺，双眼格外明亮。辛词借用其词，并未借用其意。

放眼远山，一个个形同“玉簪螺髻”。“玉簪”，指玉制的簪子。“螺髻”，如海螺般的发髻。“玉簪”与“螺髻”都是形容楚地山峦的形状。这两个词应出自唐代韩愈《送桂州严大夫同用南字》诗：“江作青罗带，山如碧玉簪。”

这首词从开篇至此，仅限于写景，并未展开抒情。唯有“献愁供恨”四字，写出了词人的心情。“遥岑远目”的是“玉簪螺髻”，“玉簪螺髻”是山，它们本无所谓愁，也无所谓恨，只是词人将自己内心的愁和恨，投射到“玉簪螺髻”之上，才有了所谓的“献愁供恨”。这就由写景逐渐转移到抒情上来。

落日楼头，断鸿声里，江南游子。

站在夕阳下的赏心亭中，满眼水天一色的清秋景色，唯有一声声失群孤雁的叫声，让词人的心颤抖起来。“断鸿”，失群孤雁。作为“江南游子”，自己像失群孤雁一样，格外孤独。辛弃疾和诸多南宋爱国词人的另一区别在于，他是一位“归正人”，即生于北方沦陷区而后投奔南宋者。这种“归正人”的身份，本身就受到朝廷猜忌，加之坚决主张抗金的态度，使得他在南宋政坛上显得格格不入，这和失群孤独的“断鸿”非常相似。故而，“断鸿”

声声，唤起了词人心头压抑已久的怨愤。

上片的最后四句，“把吴钩看了，栏杆拍遍，无人会，登临意”。长期被压抑的委屈、怨愤，终于喷涌而出。“吴钩”，中国古代吴地生产的一种宝刀。唐人李贺《南园》诗中有“男儿何不带吴钩，收取关山五十州”之句，辛弃疾这里用“吴钩”代指自己，空有一身好功夫，只是未能派上用场。词人不仅看“吴钩”，而且把“栏杆拍遍”。“拍遍”和“拍”，力度、范围、感受都相差极大。可惜的是，“无人会，登临意”，没有人能够理解自己一心报国却无处可效的一片苦心。这是词人伤感最深的地方。

这首词的上片，从登楼眺望写起，展示了一幅江水秋景图，并由孤雁悲鸣引发了词人的孤独之感，表达了一位爱国志士报国无门，不被人理解的难言之隐。

下片用典抒情，和上片的观景抒情相差较大。

休说鲈鱼堪脍，尽西风，季鹰归未？

这三句用了晋人张翰的典故。张翰，字季鹰。《世说新语·识鉴》载：张翰西晋时在京城洛阳，被齐王任命为东曹掾。秋风一起，张翰想起了家乡的菰菜羹、鲈鱼脍，于是他说：人生最可贵的是活得舒服，怎么能为了做官要个名分，跑数千里呢？于是，他辞官回乡。不久，齐王在朝廷争斗中失败，很多手下受牵连被杀，张翰却躲过一劫。当时人们都说，张翰有先见之明。

辛弃疾在词中是反用张翰之典。意谓：秋风起了，张季鹰回乡了，可我辛某仍然为国操劳，何尝想过归乡？

求田问舍，怕应羞见，刘郎才气。

这三句是下片的第二层。用了《三国志·魏书·陈登传》的典故：陈登在广陵极有名气，可惜三十九岁就死了。一次，许汜和刘备两人在荆州刺史刘表处议论天下之人。许汜说：陈登是位湖海之士，狂傲之气未除。刘备问刘表：您觉得许君说得对不对？刘表回答：要说不对吧，许君是位好人，不会说话不负责任。要说对吧，陈登名满天下。刘备又问许汜：您说陈登为人狂傲，有什么证据吗？许汜回答：当年遭逢战乱，我经过下邳，前去拜访陈登。陈登毫无宾主之谊，很长时间都不和我说话。最后，他睡上床，让我睡下床。刘备听后说：您素有国士之风。当今天下大乱，君王无安身之地。陈登希望您忧国忘家，有匡扶汉室之志。可是您却向陈登提出田宅屋舍的要求，言谈毫无新意，这是陈登讨厌的，您有什么理由要求陈登和您说话呢？假如是我，我肯定会上百尺高楼高卧，让你睡在地下，哪里只是上、下床的区别呢？刘表听后，放声大笑。

“求田问舍”，指胸无大志、只知经营个人生活的许汜。“刘郎”，指刘备。刘备起兵时，年纪不小，似不应称“刘郎”。因为辛弃疾在这首词中盛赞刘备胸有大志，故以“刘郎”称之。这里辛弃疾以刘备自许，点明自己的志向远大。

可惜流年，忧愁风雨，树犹如此！

“流年”，流逝的岁月。“风雨”，喻国势飘摇。此三句化用苏轼《满庭芳》：“百年里，浑教是醉，三万六千场。思量、能几许，忧愁风雨，一半相妨，又何须抵死说短论长。”意思是：百年之中，就算天天沉醉，不过三万六千场。想想，能有多少呢？还有忧愁风雨要占去一半，又何必硬要说短论长。

“树犹如此”，用了《世说新语 · 言语》中桓温的典故：东晋大将桓温北伐，经过金城，看到十年前自己担任琅琊太守时种的柳树，都已经长得有十围了。于是，十分感慨地说：“木犹如此，人何以堪？”

辛弃疾用此典，一吐胸中流年长逝、岁月无情、功业未成、前途无望的悲愤。

结尾三句：“倩何人唤取，红巾翠袖，揾英雄泪？”

“倩”，请。“红巾翠袖”，指代年轻歌女。“揾”，擦。这三句是说，就让那些红巾翠袖的歌女，为我擦去英雄失志的悲愤之泪吧。

这首词，登临怀古，抒有心报国、无路可寻的郁闷。全词上片借景抒情，下片怀古抒情，并将二者有机地融为一体，使这首词成为辛词中最有代表性的爱国词之一。

美辞玉屑

张季鹰辟齐王东曹掾，在洛见秋风起，因思吴中菰菜羹、鲈鱼脍，曰：“人生贵得适意尔，何能羁宦数千里以要名爵！”遂命驾便归。俄而齐王败，时人皆谓为见机。

——〔南朝宋〕刘义庆《世说新语 · 识鉴》

陈登者，字元龙，在广陵有威名。又掎角吕布有功，加伏波将军，年三十九卒。后许汜与刘备并在荆州牧刘表坐，表与备共论天下人，汜曰：“陈元龙湖海之士，豪气不除。”备谓表曰：“许君论是非？”表曰：“欲言非，此君为善士，不宜虚言；欲言是，元龙名重天下。”备问汜：“君言豪，宁有事邪？”汜曰：“昔遭乱过下邳，见元龙。元龙无客主之意，久不相与语，自上大床卧，使客卧下床。”备曰：“君有国士之名，今天下大乱，帝主失所，望君忧国忘家，有救世之意，而君求田问舍，言无可采，是元龙所讳也，何缘当与君语？如小人，欲卧百尺楼上，卧君于地，何但上下床之间邪？”表大笑。

——〔晋〕陈寿《三国志·魏书·陈登传》

鹧鸪天

〔宋〕辛弃疾

有客慨然谈功名，因追忆少年时事，戏作。

壮岁旌旗拥万夫，锦襜（chān）突骑渡江初。燕兵夜娖（chuò）银胡䩮，汉箭朝飞金仆姑。

追往事，叹今吾，春风不染白髭须。却将万字平戎策，换得东家种树书。

《鹧鸪天》，词牌名。双调，五十五字，押平声韵。

本词前有一小序："有客慨然谈功名，因追忆少年时事，戏作。"据此可知，这首词写于词人晚年，起因是一位客人向辛弃疾慷慨激昂地谈起立功成名之事。辛弃疾回忆起自己青年时期的往事，遂作此词。"戏作"，一种谦和的说法，其实"戏作"二字之下，吐露的是词人极为真实的想法。

上片，首句，"壮岁旌旗拥万夫"。"壮岁"，壮年。"旌旗"，军旗。"拥万夫"，率领数万精兵。这一句写自己早年起兵之事。

宋高宗绍兴三十一年（1161），金主完颜亮率大军南下，北方金人占领区的百姓，趁金兵主力南下之机，纷纷起兵。山东济南农民耿京，率领众人起义，人数竟多达二十多万，成为北方声势浩大的一支义军。

此时，辛弃疾刚刚二十一岁，他组织起一支两千多人的义军，投奔耿京。辛弃疾的文韬武略很快得到了耿京的赏识，担任了义军的掌书记。

辛弃疾建议义军迅速和南宋中央政府取得联系，以便协同作战。第二年（绍兴三十二年，1162）正月，耿京派辛弃疾等人到建康（今江苏南京）谒见宋高宗。宋高宗授耿京为天平军节度使，授辛弃疾为天平军节度使掌书记、承务郎。

但是，等到辛弃疾完成任务，率人回到海州，叛徒张安国已经杀了义军领袖耿京，投降了金人，义军溃散。辛弃疾立即在海州组织了五十人的“敢死队”，直奔济州（今山东巨野）张安国的驻地。张安国正和金将饮酒，辛弃疾突然到来，活捉张安国，并将其绑在马上，同时向其部下宣传民族大义。张安国的部下听闻后，上万士兵归顺辛弃疾。辛弃疾率领一万多名士兵，马不停蹄，星夜南奔，直到渡过淮水，才稍事休息。

来到建康，辛弃疾将叛徒张安国献给南宋朝廷，张安国最后被处斩。

第二句，“锦襜突骑渡江初”，“襜”，战袍。“锦”，形容战袍的美丽。“突骑”，精锐骑兵。这两句写当年自己年轻之时，率万余身穿锦绣短衣的精锐骑兵，抓捕张安国，渡江归宋。

第三、四句，“燕兵夜娖银胡簶，汉箭朝飞金仆姑”。“燕兵”，燕地之兵，此指金兵。“娖”，通“捉”。“胡簶”，箭筒，箭袋；“银胡簶”，银白色的箭袋。“汉箭”，汉兵的箭，此指辛弃疾率领的义军的箭。“金仆姑”，箭名，典出《左传·庄公十年》：“乘丘之役，公以金仆姑，射南宫长万。”这两句说，金人骑兵手持弓箭，连夜追杀。我率大军，以弓箭还击，全师而归。

上片的四句，全写回忆中的当年之事。

辛弃疾的经历，在整个南宋王朝中，是独一无二的，他首先是位将军，其次才是词人。特别是他智勇过人的传奇故事，震惊了南宋朝野。

宋高宗毫无抗金决心，更不敢收复失地，迎回二帝，因为这样，他的帝位便会不保。所以，对待义军，他心存畏惧。辛弃疾带回的义军，很快被遣散安置。

辛弃疾本人被任命为江阴佥判，担任这样一个无足轻重的地方小吏，辛弃疾非常失望。此后二十多年，他在各地做官，不受重用。更因他练兵筹饷，常被人弹劾，罢官家居上饶、山阴亦近二十年。主和派、投降派的处处掣肘，使他报国无门，壮志难酬。因此，一旦有人讲起杀敌立功之事，顿时激起他的巨大心理波澜。

下片由上片的忆旧转为慨今：

追往事，叹今吾，春风不染白髭须。

“追往事”，件件桩桩让人切齿；“叹今吾”，桩桩件件痛惜不已。一“追”，一“叹”，饱含着多少无奈，饱含着多少辛酸！春风又绿江南岸，但是春风却不能让愁白了的少年头再现黑发。“春风不染白髭须”，浸透着词人多少痛苦的回忆，几多岁月流驶，几多挫折磨难，历历在目。

青春不再，韶华易逝，是人们经常咏叹的主题。但是，人们为何而感慨，却相差极大。有人感慨的是生命的不永，有人感慨的是荣华富贵的易失；但是，词人感慨的是白白逝去的青春，未能投身到杀敌报国、收复失地的战争中。词人向往的是马革裹尸、为国尽忠，不想在所谓的荣华富贵中虚度一世；可身为一位将军，却只能写词遣兴，无缘披甲持刀、纵横疆场。

辛弃疾南归之后，曾上书《美芹十论》《九议》，透彻分析形势，希望高宗能够采纳他的意见。但是，他精心结撰的《美芹十论》《九议》，最终换来了一场场空欢喜。

现实的冷酷，理想的热烈，反差如此巨大，让辛弃疾欲哭无泪。

这首小令最大的特点莫过于对比。

上片的忆旧和下片的慨今，形成全词最重要的对比。正是这一对比，揭示了词人悲剧的一生。于国有大用的“平戎策”，和于家有小用的“种树书”将理想和现实的对比具体化。让一位将军的精心结撰之作，和一本种树的普通读物相对比，揭示了一个时代的荒谬。青春年少和白发苍苍的对比，揭示了主人翁的悲剧人生。这不是一个人的悲剧，而是一个时代的悲剧。一代王朝就在这样的悲剧之中，走完了它的道路。

美辞玉屑

满江红·夜雨凉甚，忽动从戎之兴

〔宋〕刘克庄

金甲雕戈，记当日、辕门初立。磨盾鼻、一挥千纸，龙蛇犹湿。铁马晓嘶营壁冷，楼船夜渡风涛急。有谁怜、猿臂故将军，无功级。

平戎策，从军什，零落尽，慵收拾。把茶经香传，时时温习。生怕客谈榆塞事，且教儿诵花间集。叹臣之壮也不如人，今何及。

稼轩之词，胸有万卷，笔无点尘，激昂措宕，不可一世。今人未有稼轩一字，辄纷纷有异同之论，宋玉罪人，可胜三叹。

——〔清〕彭孙遹《金粟词话》

满庭芳

〔宋〕徐君宝妻

汉上繁华，江南人物，尚遗宣政风流。绿窗朱户，十里烂银钩。一旦刀兵齐举，旌旗拥，百万貔貅。长驱入，歌楼舞榭，风卷落花愁。

清平三百载，典章文物，扫地俱休。幸此身未北，犹客南州。破鉴徐郎何在？空惆怅，相见无由。从今后，断魂千里，夜夜岳阳楼。

徐君宝，南宋人，他的生平不详，因为《宋史》等正史没有给他立传，但青史却永远留下了他的大名。为什么呢？因为他的夫人——徐君宝妻。徐君宝妻，是南宋亡国时的一位普通女子，史书也没有留下她的名字，只能以“徐君宝妻”相称。就是这么一位弱女子，许多文献都记载了她。

为什么呢？因为她留下了一首绝笔词《满庭芳》。

徐君宝的妻子是岳州（今湖南岳阳）人。咸淳十年（1274），元兵从襄阳南下，第二年攻陷岳州。战乱中，徐君宝死了，他的妻子被俘，并被献给了一个元军将领。

为什么徐君宝的妻子没有被杀，还被献给了元军的将领呢？因为她长得太漂亮了，元军将领想得到她，遂将她扣在自己的大营中。从岳州到杭州，长达千里的途中，元军将领不断威胁、利诱、挑衅，徐君宝的妻子都巧妙地加以化解，元军将领非常愤怒，但又不忍心杀掉这位绝色美人。到了杭州，徐君宝妻被扣在前南宋著名将领韩世忠的大宅中，元军将领企图对其施行暴行。徐君宝妻自知难逃一劫，便不动声色地说：您不必发怒，等我祭祀完先夫，便和您完婚。

元军将领信以为真。徐君宝妻便焚香沐浴，祭拜先夫，并在墙上题下了这首绝命词，书毕，投水自尽。徐君宝妻在生死关头，沉着冷静，机智巧妙，不屈不挠，保存了自己最后的尊严。她题在墙上的这首词被人抄录下来，流传至今。

这首词上片写道：

汉上繁华，江南人物，尚遗宣政风流。

这三句写南宋的繁华、富庶。“汉上”，是长江、汉水一带，这既是词人的故乡，又是江南的富庶之地。“江南人物”，指南宋人才辈出。“宣政”，宣和、政和是宋徽宗的年号。“尚遗宣政风流”，指南宋的文明昌盛和北宋一脉相承。

这三句写出了徐君宝妻对南宋故国繁荣、富庶、文明的热情礼赞。

绿窗朱户，十里烂银钩。

这两句写南宋临安（今杭州）的繁华。遍地绿窗朱门，十里长街，到处是灿烂的帘钩。

一旦刀兵齐举，旌旗拥，百万貔貅。长驱入，歌楼舞榭，风卷落花愁。

但是，如此繁华之地，一旦元兵南下，万枪齐举，旌旗遍地。百万蛮兵如狼似虎，长驱直入，生灵涂炭。歌台舞榭顷刻间化为灰烬，如风卷落花，一片狼藉，令人落泪。

下片换头，仍旧承接上片赞美宋代文明：

清平三百载，典章文物，扫地俱休。

这三句，真让无数男儿愧对此女。北宋、南宋相加超过三百年，清平盛世三百年的“典章文物”，一瞬间，竟然“扫地俱休”，那么轻易地就被毁掉了。徐君宝妻的绝笔之作，并未用力于个人的生死存亡，而是着眼于整个家国兴衰。此时，她专注的已不是南宋王朝，而是以南宋王朝为代表的华夏文明。“典章文物”四字，真有千钧之力！

徐君宝妻是一位热爱生活、懂得大义的人。她知道个人的痛苦和国家的命运息息相关，国家的残破，才导致了自己的家破人亡。丈夫的惨死，自己的悲剧，一切的一切，都源自北方豺狼的入侵。因此，这首绝命词并没有从个人的死亡和丈夫的惨死入笔，而是从江南的繁华、人才的杰出写起。它和柳永的《望海潮》（东南形胜）截然不同，柳永写杭州的繁华落脚到对地方长官的歌颂，而徐君宝妻从痛惜之情出发，写如此繁华的江南胜地，如今遭到北方铁骑的践踏，一切美好的风物都随着国家的败亡而烟消云散，如此高度发达的文明，竟然被野蛮人一把火毁掉。在这里，我们看到的是一位美丽聪慧的女子，一位有着博大胸襟的女子，一位在从容赴死之前，对祖国大好山河、文化文明怀有深深痛惜之情的女子。

幸此身未北，犹客南州。破鉴徐郎何在？空惆怅，相见无由。从今后，断魂千里，夜夜岳阳楼。

在深深为国哀悼之后，她才收回思路，转而写到自身。唯一值得庆幸的是自己仍然客居南方，没有被蛮兵劫掠到塞北，这和大多数被抢的女人不同。再进一步，她想到自己的丈夫徐君宝，徐郎在哪里呢？词人在此，用了“破镜重圆”的典故，以南朝陈人徐德言和他的妻子乐昌公主相失并相聚的故事怀念亡夫。

徐德言娶陈国国君陈叔宝之妹乐昌公主为妻。乐昌公主才貌冠绝一时。当时，陈国政局不稳，徐德言预感到国运将终，于是对乐昌公主说：凭您的上佳容貌，一旦国家遭难，您一定会沦落到权贵或豪强之家。假如你我的情缘未了，希望尚有重逢之日。于是，徐德言将一铜镜一分为二，两人各执一半。相约道：分手之后，每年正月十五，请您带此镜在京城集上叫卖，我当在此等候。陈国灭亡后，乐昌公主果然被隋朝权臣、重臣杨素得到。

到了正月十五这一天，乐昌公主派人举着半块铜镜，在京城高声叫卖，要价奇高，听到的人都哈哈大笑，认为卖镜之人是疯子。徐德言将卖镜的人请到自己家中，拿出收藏的半镜，相合竟严丝合缝。于是，徐德言在镜上题了一首诗：

镜与人俱去，镜归人不归。

无复姮（héng）娥影，空余明月辉。

乐昌公主看到这首诗，痛哭流涕。杨素知道后，将乐昌公主送回徐德言处。最终，乐昌公主和徐德言一起回到江南，终老一生。

徐君宝和徐德言皆姓徐，因此，徐君宝妻用破镜重圆的典故发问：自己的徐君在哪儿呢？只能满腹惆怅，已经是终生难圆了。

此词最后，以“从今后，断魂千里，夜夜岳阳楼”为结，表达从此日之后，自己的孤魂将不远千里，夜夜返回故乡岳阳楼。

徐君宝妻《满庭芳》的出现，说明了宋词的普及程度之高，连无名的徐君宝妻都能在极短的时间内完成如此高水平的词作，同时也表明，一个时代的政治才是影响词的根本性因素。

美辞玉屑

陈太子舍人、徐德言之妻、叔宝之妹，封乐昌公主，才色冠绝。时，陈政方乱，德言知不相保，谓其妻曰："以君之容，国亡必入权豪之家。倘情缘未断，犹冀相见，宜有以信之。"乃破一镜，人执其半。约曰："他日，必以正月望日，卖于都市，我当在即，以是日访之。"及陈亡，其妻果入杨素之家。德言遂以正月望日，访于都市。有苍头卖半镜者，大高其价，人皆笑之。德言直引至其居，出半镜以合之。仍题诗曰："镜与人俱去，镜归人不归。无复姮娥影，空余明月辉。"陈氏得诗，涕泣不食。素知之，还其妻，仍厚遗之。与德言归江南，竟以终老。

——〔宋〕李昉等《太平御览》卷三十

岳州徐君宝妻某氏，亦同时被虏来杭，居韩蕲王府。自岳至杭，相从数千里，其主者数欲犯之，而终以巧计脱，盖某氏有令姿，主者弗忍杀之也。一日，主者怒甚，将即强焉。因告曰："俟妾祭谢先夫，然后乃为君妇，不迟也。君奚用怒哉？"主者喜诺。即严妆焚香，再拜默祝，南向饮泣，题《满庭芳》词一阕于壁上。已，投大池中以死。

——〔元〕陶宗仪《南村辍耕录》卷三

后　记

2017年春节，中央电视台《中国诗词大会》第二季出乎意料地“火”了！ 2016年11月录制时，参与者知道播出后效果可能不错，但没人会想到这么“火”。

这把“火”点燃了中国观众内心深藏的诗心！一股关注中国古典诗词的热流迅速奔涌而来。以听书著称的“喜马拉雅FM”找到我，要我讲宋词。面对热情的相邀，我答应了。

在中央电视台《百家讲坛》讲了10年历史，这次重操旧业，讲起了本行——中国古代文学。

“喜马拉雅FM”要求每集时长要适应碎片化阅读的需要，要自己录音，加之一周三篇，准时交文字稿，看似简单的工作还是有压力的。

宋词是从唐、五代词发展演变来的，所以可以说唐、五代词是宋词的前世。词这一文学体裁因其繁盛在宋代，故被冠以“宋”词的称号，但是讲词，还是必须从唐、五代的作品说起。从《中国诗词大会》的观众反馈来看，大部分人熟悉唐诗，陌路宋词，或者说对于宋代的作品都不甚了解，所以，在最初商定的宋词的基础上，我又加上了著名的宋诗。这就成了“王立群品读经典诗词”系列书稿的基本面貌。此本书为这一系列的第一本，收录的均为词。

听书有诸多好处，但是也有局限。一书在手，可以反复阅读，听与读，各有其用。

王立群

2017 年 12 月于北京